KB260854

八旬 感謝 紀念 第七詩集

黃景洛綜合詩選集

아직도 아니다

우리의 조부모님 황세화, 유길내
부모님, 황학수 김덕순
그리고 우리들 온 가족들, 형제자매들,
일가 친척 여러분들에게
이 작은 졸(拙) 시선집(詩選集)을 삼가 바칩니다.

2013년 새 봄을 맞으며

국립중앙도서관 출판시도서목록(CIP)

아직도 아니다 : 팔순 감사 기념 황경락 종합시선집 / 지은이:
황경락. — 서울 : 한누리미디어, 2013
    p. ;   cm

ISBN 978-89-7969-446-8 03810 : ₩12000

한국 현대시[韓國 現代詩]

811.62-KDC5
895.714-DDC21   CIP2013001367

▲ 황경락 시인 · 목사 내외(주택 거실에서, 1992. 7. 6)

▲ 야구를 좋아하는 아들과 손자가 뉴욕 최대 신설구장 메츠(Mets) 경기장에서

▲ 가족 휴가여행 가서(아들과 손자가 놀이공원에서)

▲ 황씨 가문의 자손들(조카들) 왼쪽부터 황민준, 채비아, 오른쪽부터 채경환, 황사무엘(아들)
   (새해 설날에, 1998. 1. 2)

▲ 고모와 자녀들과 함께 뉴욕 북쪽 스키장을 다녀오면서

▲ 황경락 목사의 네 형제가 부모 산소에 함께 성묘한 후

▲ 손자 황노아가 디즈니랜드(Disneyland) 놀이터에서 피노키오(Pinocchio)와 대화하며(올란드, Orlando, FL주 미국)

▲ 경신중고교를 졸업(1953년)한 동문중 연락된 분들과 만나 우의를 나누었다.

▲ 한국기독교문인협회 회원들과 함께 미당 서정주 시인 생가 방문(전라북도 고창)

▲ 앞에 큰 돌덩이는 동서독이 통일되면서(1990년 10월 3일) 베를린 장벽(일명 브란텐
부르크 문)이 붕괴된 후, 한 조각을 미국의 뉴욕 맨하튼 허드슨 강변에 전시하다.

저 험한 바다 물 위의 소리
듣고 있는가

미국 시인 프로스트(Robert Frost, 1874~1963)는 '詩란 좋은 통로를 거친 삶의 길' 이라고 말한다.(Poetry is a way life by the throat) 詩가 무엇인지도 모르고 그냥 시가 좋아서 읽고 써 보기도 한다. 특히 시작(詩作)을 전문적으로 공부도 잘 하지도 못했다.

지난 격변의 한국의 해방정국이 어수선한 이후 한국전쟁 (The Korean War, 1950~1953) 와중에 항도 부산 피난살이에서 무슨 공부를 잘 했겠는가. 1953년도에 고교를 졸업하고 그래도 꿈과 희망을 간직하고, 그 해에 서울대학교에 입시원서를 내고 응시하였으나 낙방한 후 그때는 재수학원도 없어 서울의 남대문로 지금의 '롯데백화점' 자리가 전의 국립중앙도서관이 있었다. 집이 돈암동 성신여대 근처였는데 날마다 도서관에 가서 무엇이나 허기진 배 채우듯이 읽고 싶은 국내외의 명작 책 등을 열심히 독서한 적이 있다.

그때 다니던 교회(담임목사)의 주선으로 신학교(한신대, 제

54학번)에 들어가 몇 년 공부하다가 외국어대학으로 옮겨 독일문학 특히 '비교문학' 부분을 공부하기도 하였다. 그 당시 전희수 교수, 정처묵 교수의 강의를 들으며 흥미를 갖기도 한 것 같다.

한데 지금까지 한스럽고 아쉬움은 독일 대문호 괴테(Johann W. Goethe, 1749~1832)를 비롯하여 하인리히 하이네(Heinrich Heine, 1797~1856)와 라이너 마리아 릴케(Rainer Maria Rilke, 1875~1926) 등의 작품을 읽으며 독문학을 배우면서 독일 유학이며 라인강변, 다뉴브강변도 거닐고 싶었다.

하나, 아직도 이루지 못한 꿈이었다. 그러나 지금은 방향이 바뀌어 미국 대뉴욕시 맨하튼에 거주하며, 허드슨 강을 바라보면서 거닐기도 한다. 그후로 나의 작가수업은 꾸준히 '자가학습(自家學習)'으로 공부하여 왔다. 詩를 쓴다는 것은 자신의 경험과 감각, 고뇌 속에서 누구도 쓰지 않는 자신만의 문장, 어법, 이미지를 발견하고 발명해 내는 것이 아니겠는가 라고 설파한 이도 있다.(조병무)

하나, 아직도 근처에도 미치지 못함이다. 나는 시를 쓰면서 어느 규율이나 형식에 따라 본 일도 없다. 또한 아직도 알지 못한다.

그런데 김춘수 시인은 그의 '사색사화집(四色詞華集)에서 네 가지 계열로 유형화시켰다.

1) 전통 서정시의 계열, 2) 피지칼한 시의 계열, 3) 메시지가 노출된 시의 계열, 4) 실험성이 강한 시의 계열 등으로 구분하고 있다. 한데 나의 시는 어느 계열인지 작고한 시인에게 물어볼 수도 없는 것 같다.

그후로 또다시 신학대, 대학원에서(주로 신학과 철학 등을) 공부하면서 세계사(世界史) 속에서 전쟁, 불안, 살생, 그리고 생(生)과 사(死)가 엇갈리는 상황에서 '하나님은 어디 계시느냐고?' 묻고 회의(懷疑)하기도 했다.

더욱 한 인간이 세상에 살면서 불행이나 이산(離散)의 아픔과 갈등(葛藤) 그리고 빈곤(貧困)에서 우리의 삶의 의미와 가치도 되묻기도 하였다. 그리고 이 험난한 가시밭길을 가야하면서 "신앙 못지 않게 문학 또한 삶의 용기를, 사랑을, 인간다운 삶을 가르쳐 준다."(정재원)는 것이다. 나는 T. S. 엘리엇(T. S. Eliot, 1888~1965)와 W. H. 오든(W. H. Auden, 1907~1973)의 작품공부를 하면서 많은 것을 배우며 이해한다.

나는 지난 '기억' 속에서 '향수' 나 '회상' 에 애착을 두는 것은 아닐 것이나 향수로 과거에만 집착하여서도 회상으로 현재에 안주하고자 함도 경계해야 할 과정인 것 같다.

오든과 엘리엇과의 출발점은 모두 우연히도 [원죄의 교리]로 일치하는 것이다. 나는 더욱 요즈음에 프랑스계 미국의 신학자인 가브리엘 바하니안(Gabrial Vahanian, 1927~)에 관심을 갖고 기독교와 문학, 아니 문학 속에 기독교와의 관계 또는 기독교적 문학에 유의하고 있다.

한편 인간에 대한 문학연구가 신학적 통찰의 풍부한 관련성을 찾아 이해해 보고자 한다.

특히 나의 시작(詩作)의 특징이라 할까, 주안점은 주로 세 가지 연으로 함축하고 육화(肉化)코자 힘쓰고자 함이다.

제1연은 주로 현실적, 현재적 세상 현상, 우리들의 삶의 언저리 및 사람의 심성 등을 투영해 보고자 하고, 제2연은 형상화 하고픈 자연현상과 변화 그리고 역사의식이나 감각, 시대정신 등을 정서와 사상, 상상의 힘으로 표출코자 함과, 제3연에는 기독교정신과 생명복음을 조물주의 의중, 경륜, 섭리며 하늘의 소리 등을 비유적이나 상징적으로 끝맺음으로 노력코자 함이다.

책표지 제목을 《아직도 아니다》라 함은 나의 첫 처녀시집 제목이 이와 비슷한 《아직 아니다》(성의출판사, 1979)이다. 이는 독일학자(사회심리학자, 정신분석철학자) 에리히 프럼 (Erich Fromm, 1900~1980)의 작품을 읽으며 '아직 아니다' (Noch Nicht, not yet)를 따왔다. '아직 아니다' 란 현재적인 기점에서는 제한적 시간을 말한다면, '아직도 아니다' 는 현존 이후 미래로 향한 미완성이나 완전성을 표출코자 함인 것이다. 고로 나비가 된 누에의 꿈과 소원을 이룩되는 원대한 희망의 완성을 기대하는 바이다.

나는 어린시절 젊었을 때, 병골(病骨)이고, 허약(虛弱)하여 한약을 자주 달여 먹이시던 사랑스러운 어머니의 손길은 주의 손길로 오늘날 나를 나 되게, 신앙의 아들 되게 하고 고난과 파란만장(波瀾萬丈)의 팔십 성상이 이어온 것은 어머니의 사랑과 신앙의 힘이었음을 깊이 감사하며, 이 사랑과 신앙의 맥(脈)이 나의 자손들과 온 형제자매 가족들에게도 이어지길 바라며 이 綜合 詩選集을 八旬 感謝 祝壽 記念으로 발간하여 상재(上梓)하는 바이다.

끝으로 이 拙 詩集의 작품해설을 써주신 홍윤기 교수의 우의와 사랑을 감사드립니다. 더하여 나의 綜合 詩選集의 출간을 위해 도우신 가족들과 주변의 친우, 친지 그리고 [독서

카페클럽] 회원들과 후원하신 인사들의 사랑과 지원도 잊지
않고 감사함을 간직하겠습니다.
　더욱 이 책 출판을 위해 수고해 주신 한누리미디어의 김재
엽 사장 외 여러 직원들의 노고에 뜨거운 감사와 사랑을 전
합니다.　　　　　　　　　　　　　　　감사합니다.

　　　　　　2013년　월　일

　　　미합중국 대 뉴욕시 맨하튼 허드슨강변에서
　　　　　　　　　心苑 黃景洛

차례 Contents

제 **II** 부
저녁이 가고, 또 아침이 오면

차례 Contents

제 **Ⅲ** 부
새벽을 깨우리라

제 IV 부
흔적

차례 Contents

제 Ⅵ 부
희망의 새 아침아 솟아라

I부

아직 아니다

봄은 오는데

먼동이 트이기엔
아직
한 뼘의 거리가 있고,

산새가 둥지에서
홰를 풀기엔
아직
한 자의 여명(黎明)이 있다.

이제는
아지랑이가 들녘에
살며시 피어 떠오르는 때에
진정
봄은 가까이 오는데…

못내 무엇인가
아쉬운 미련은 밀폐된 채
봄은
그냥
오고 있는가.

*이 시는 황경락 제1, 처녀시집 《아직 아니다》
(서울 : 성의출판사, 1979)에 수록된 시에서 재
수록 [黃景洛(心苑) 詩集].

코스모스

가을 때 차고 보니,
흰색,
빨강색
연분홍색,
코스모스 길가에 곱게 피었다.

아침 때
버스 터에
꺾여 버려진 코스모스 세 송이
다 없는 비애(悲哀)와
애절(哀絕)한 착색(着色)은
분노(憤怒)에서 격랑(激浪)이
그 초록 빛깔 아래서
미광(微光)이 새기어 남아
한 번의 사건화(事件化)가 반복(反復)의 기회(機會)를 연다.
시세(時世)말로 하자면
죽음의 신학(神學)[*1]을 연상케 한다.

이가
그리스도의 책 형(磔形)[*2]의 모습 같아

나는
그리스적*³으로 말하면
코스모스를 이 세계(世界)로 보아
신(神)의 대사(大使)로 풀자 하니
마냥
속으론 '비시누'*⁴의 사념(邪念)이
버스처럼 쉬었다가 또 간다.

*1 : 뉴욕주의 씨라큐스대학의 토마스 알타이저(T. Altizer)의 말처
럼, 신의 죽음의 신학(神學)은 오늘날 정지하고 진보도 없이 잔
잔하다.
*2 : 책형(tear)—책살이라고도 하는데, 기둥에 결박하여 세우고 창
으로 찔러 죽이는 형벌
*3 : 그리스적으로는 '코스모스' (kosmos)를 세계로 보아 신으로 지
칭함
*4 : '비시누' (Visnu)는 범어(梵語)로서 인도신화에서 세계를 구제한
다는 신.

휴일의 빛

말아야지 하면서
만나려 함은
대화의 기쁨이 좋을 것이 아니고서,
내 사랑의 충정을
너로 채워 살고파라.

안 되리라 하면서
기다리라 함은,
잊을려는 슬픔이 아쉬움이 아니고서,
네 사랑의 환희를
나로 얼려 죽고파라.

버려야지 하면서
되찾으려 함은
길 잃은 철새가 머물 터가 아니고서,
새 희망의 요람을
서로 메꿔 가고파라.

아직 아니다 · 1

실망(失望)과 환멸(幻滅)
월경(越境)과 망명(亡命)
방랑하는 길손.

의식 이전의 것
…우리에겐 의식되지 않고 있는 것도 있다.

현존 이전의 것
…존재는 아직 존재하지 않고 있다.

성취 이전의 것
…가능성을 위한 존재는 희망적이다.

하나,
희망(希望)은 아직 아니다.
평화(平和)는 아직 아니다.
통정(統整)은 아직 아니다.
자안(自安)은 아직 아니다.
성인(成人)은 아직 아니다.
화해(和解)는 아직 아니다.

그 모든 것이 아직 아니다.*1

'아니다' 란 말은 결핍(缺乏)이며
동시에
그 선 자리에서의 도주(逃走)이다.

그리스도 안에서 신(神)의 예*2는
최후의 진리(眞理).

신(神) 안에서 '아니오' 가 '예' 속에서 해소(解消)되어 있다.
우리가 찾는 유토피아적인 합(合)*3은,
신(神) 안에서만 있는 것.

주여
그 때가 아직 멀었사옵니까
어느 때까지오니까
주의 임재가
세상 끝날까지
항존(恒存)하옵소서.

*1 : Alle ist noch nicht는 독일어로서 '모든
      것이 아직 아니다' 라는 것이다.
*2 : Yea and Amen은 예수의 십자가상에서
      죽음에의 순종(順從)을 말함
*3 : Synthesis는 Hegel의 변증법의 정(正),
      반(反), 합(合)
      1) 테제(thesis), 2) 안티테제(antithesis),
      3) 진테제(synthesis)

파도

뭉게구름 떠가는
수평선(水平線) 저 먼 곳은
파도(波濤)가 밀려오는
힘의 해저(海底)인가 봐.

망향(望鄕)을 그리는
한적(閑寂)한 오후에
해변(海邊)에 홀로 앉아
사색(思索)하는 일념(一念)은

파도의 여울 속에 포말(泡沫) 되는
무언(無言)의 대화
조물주(造物主)의 섭리(攝理)를
반추(反芻)하는 찰나의 감회(感懷).

한 3일 후에

죽음을 이기려면
죽어야 했던
사신(死身)은 땅 위에서
떠나야 할 시한(時限)이
한 3일이다.

이기려면
죽어야 사는
소망이라고
때가 차면
움 밖으로
벗겨져 나올 순(筍)이여.
씨알은 죽어 묻히어
썩어야
새 생명이 출토.

숨가쁜 미라(mirra)의 꿈
환경오염은 평상의 굴레
한 3일은
빛의 아들[*1]의 광영(光榮)
아직 있지 않는 것[*2]이긴 해도

앞으로 꼭 있게 될 것으로*3 신망(信望)하니,

자생적(自生的)인 삶의 자리*4에
동방의 빛 탄육(誕育) 있으라.

*1 : 신약성서 요한 8:12
*2 : The not-yet−존 콥의 《What is the Future?》에서
*3 : 위의 책, The will be
*4 : Sitz im Leben(독일어)−Place of Live(영어)

눈(眼) 눈(雪) 눈(視)

첫 눈이 내리고 있다.

차분한 아침에
찬 바람이 인다.

햇살은 밝으나
엉클어진 뒤안길에
정숙한 돌풍을 둔 채,
귀가 멀어가고
눈이 어두워 가고
목이 곧은 백성들이
의(義)나 인(仁)이란 낱말은
알래스카의 냉장고(冷藏庫).

'한 알의 밀알'도 썩을 길이 없나

불안과 의아(疑訝)한 힐난(詰難)과 회한(悔恨)이
너무 짙다.

소름이 끼칠 정도로 차갑다.
눈(眼), 눈(雪), 눈(視).

누에같이

둥근 원(圓)은
빙빙 뱅뱅 돌게 마련

누에같이
뽕을 먹고 고치 친다.

갓난 아기
젖배 곯고
배알 틀어
먹은 대로 설사 놓다.

어제의 누에 속은
솜틀 먹고 실을 판다.

오늘의 그 누에 속은
종이 먹고 책을 쫀다.

내일의 저 누에 속은
글을 먹고 말(言語)을 산다.
누에같이
뽕만 먹고 고치 치자.

한(恨)의 소리

심산유곡(深山幽谷)
성산(聖山)의 무리들
백의민족(白衣民族)의 후예라.

밤낮의 교차(交叉)가 정지한 듯
산상(山上)의 소리는
죄악(罪惡) 벗는 소리.

심령(心靈)의 도고(禱告)는
한(恨)의 소리.
울어 밤새는 이에겐,
낮은 되려 변신(變身)의 제이생명(第二生命).

하나님을 우러러
십자가를 바라며,
죽기가 삶보다 더함은
살아감이 죽음에 희망을 심을 때라.

매미의 합창에도 화합하는 땅의 무리,
주여! 주여!
외치는 저 교향곡의 운율(韻律)은

해묵은 가슴앓이, 치유의 파열음

세대(世代)가 잠잠하니
산들이 소리친다.
산의 하나님
만남의 기쁨은 감격이고
비원(悲願)의 서원(誓願)은 핵구름마냥 솟구친다.

내뱉는 절규엔
고난의 오천년(五千年).
껍데기 벗는 소리
한(恨)의 소리.

세상죄(世上罪)를 지고 가는 어린 양을 본다
엠마오의 길목에서 '나'를 본다
갈리리 해변(海邊)에서 주의 뜻을 본다
가멜산상에서 불의 제단(祭壇)을 본다
산상(山上)의 무리 속에서 춤추는 하나님을 본다.

이것 아니다

내일(來日)을 향한 현존(現存)
갈급한 사슴마냥
방향감각(方向感覺)이 둔화되어.

아침
처마 끝에
제비의 멜로디에
한날을 비는 주문(呪文).
흔들리는 지축(地軸)에서
현세(現世)의 '징조(徵兆)'가 을씨년스럽다.

나의 나 됨까지
카타르시스(katharsis) 되게 함이여
하나
'이것 아니다'
하 그리 많은
저 피연(疲軟)을 넘으려면.

친구

내겐 친구가 없다.

없다고 추념을 하니 친구도 있었다.

지금은
혼자서
친구가 누구일까
더듬어 본다.
50년대 대학 친구며
70년대 대학원 친구며가
양편에서 빗나버린
길 잃은 미아(迷兒)가 되어,
그대의 친구가 못되어 못내 서럽다.

가던 길에 진입로(進入路)가
도시계획에서 뒤바뀐 후론,
어쩔 수 없이
새 길로 가고 있자 하니,
옛 친구 지금은 잊은 지 오래 되고,
새 친구 만날 날 아직 먼 길이라,
외길로 빈손에는 바람만 남아.

하고많은 먼 행로(行路)엔,
못다 놓은 새 포장이라
그냥,
그만,

홀로 가게 하는 빈자(貧者)의 모가지는,

목이 메어 쉰 소리가 산 등선을 울 깨우며,

뒤돌아오는 산울림에서
마음의 벗이라 이름 주어,
막차로 내리는 찰나,
안도(安堵)와 위민(爲民)을 누리고 살고 지고.

안부(安否)

억수 같은 빗발을 받으며
골목에 접어들면,
버스에 두고 내린
우산 생각 그침없으나.

산 등에 홀로 앉아
넘나 보던 뭉게구름이
알라스카에서의 빙산 같더니,

그 관경(觀景) 저버린 후
살아간 한 삶의 잔영(殘影).

지금은
어떻게
무얼로
일정(日程)을 살까.

'염려'(念慮)와 '걱정' 은 내일의 산출(産出)이고
오늘의 춘궁(春窮)은 곤고(困苦)의 훈화(訓話)라
어제는 몰라도
내일 '만남' 의 약속(約束)은 신앙(信仰)일세.

겨울바다

광풍*(狂風)에 몰려 해변(海邊)을 걷는다
꽃샘바람 매서운 눈길에도
겨울바다는 그저 넘실거린다.

수평선(水平線) 너머에로
은폐된 밀어(密語)를 보고파
나는 긴 추리(推理)에 탈자각(脫自覺) 증세에 몰입,
하나가 전체로,
전체가 하나로
혼란이 정돈된 물과 뭍의 일원성(一元性)은.

황막한 심전(心田)의 고뇌에도 불구하고
저 무언(無言)의 응답은 항심(恒心)의 겨울바다.

내 생각으로는 어쩔 수 없이
내 마음의 겨울이 바다같이 창창하나,
내 마음의 소우주(小宇宙)가 하늘소리로 발신(發信)한다.

낙엽

너무 붉게 물들인 저 단풍잎은
가슴 부푼 소녀의 홍조처럼
부끄러움이 차 있음일까

아마 지기 역겨운 저 단풍잎은
한스러운 이별의 아픔 때문에
태양의 씨알을 품었음일까

어느 멀리 사라진 저 단풍잎은
소외된 고독자의 방랑에서인가
투쟁의 상흔(傷痕)으로 물들었음일까

그저 그만 꺾기운 저 단풍잎은
버려진 상처 때문에서인가
말없이 원망의 소용돌이가
붉게 물들어 있음일까.

다만 이제 잊어가는 저 단풍잎은
석별의 서러운 아듀를 남기고
재회의 방황 속에 노을진 햇살을
빨갛게 먹어 삼킨 것이리라.

나와 인생과

당신이
나에게 왜 살아 있는가고 묻는다면
얼른 대답이
왜 살아가는지를 몰라서도 살아가고 있는지도 모른다고
말하리라.
그러나
지금은
그 첫째로
이제껏 살아 반평생이나
못난 자식으로
부모에게 효도를 배워 섬길 일이 남아있어 살아가야 할
일이고,

그리고
둘째는, 무위하고 빈한한 생활 때문에 충실한 남편으로 아내에게
못다한 사랑의 아쉬움이 남아 있어 살아가야 할 일이고,

그 다음
셋째는,
세속화된 여심에의 버려진 모정의 공백을 채워 주기 위한
내 아들의 원을 성취되게 하겠기에 살아야 할 일이고,

그리고
넷째는
사과 씨가 썩어서 사과가 만들어지듯, 내 고독의 씨알이
썩어 인간이 되기에는 아직도 멀고 먼 여정이 남아 있어
살아가야 할 일이고,

그 마지막 일은,
남은 생을 나라 사랑 봉사하며, 잘 살아가는 백성 되는
일 돕고, 일깨워 보람 있는 인생살이 하고파 살아가야 할
것이니라.

이 뜻과 암시가 못 이루는 날이면 살았으나 산 것이
아니며, 죽은 것일 터이고,
내 소원과 약속이 달성되면, 죽었으나 죽은 것이 아니고
영생하리라 믿고 삼이 옳지 않으랴.

Ⅱ부

저녁이 가고, 또 아침이 오면

저녁이 가고, 또 아침이 오면

참 고맙습니다.
아침에 눈을 떴을 때는
한 날의 일과를 주님께 내맡기며
온 날을 마냥 분주히 뛰었습니다.

참 고맙습니다.
이른 아침에 서로간 일터로 가면서
주고받은 말 '조심 하시요!' 라고
온종일 기도하는 맘으로 함께 삽니다.

참 고맙습니다.
저녁 식탁에서 온 가족들 만나면
오늘의 일터의 경과를 나누며
우리의 삶과 일에서 '꿈과 뜻' 을 가꾸어 갑니다.

참 고맙습니다.
이제는 휴식을 위해 잠자리에 들기 전에
마주앉아 기도하는 간구의 내용은
간결하고 심오한 '감사' 와 '은총' 의 바람입니다.

참 고맙습니다.

곤고하고 위급할 때 우리의 기도는 간절합니다.
밤 사이에도 나의 약한 곳을 돌봐 주십사고
비록 얕은 믿음이오나 더 큰 은혜를 사모합니다.

참 고맙습니다.
주께서는 신기하고 기이한 세상을 우리에게
허락하시어
할 일 많은 이 세상에
우리 삶을 덤으로 더 주셨습니다
이 생명 다하는 날까지
주님 위해 살겠습니다.

참 고맙습니다.
이 밤이 가고
새 아침이 오면
새 힘을 주옵소서!

이 밤에 자고
새 아침에 눈떠서
새벽을 맞게 하옵소서!

이 밤에 쉬고
새 아침에 일어나
새날을 살게 하옵소서!

이 밤에 일하는 이에게는
곤핍한 아침의 퇴근길에도
보살펴 주옵소서!

이 밤에 잠 못 이루는 이에게도
마음의 '안정과 평안' 을 기도 드립니다.

시(詩)가 밥이다

누가 이 빈곤의 시대에 시인인가.
그리고
고난의 시대에는 시인은 무엇을 하나,
이 시대에 문학의 사명은 무엇인가? (A. 까뮈)

한 편의 시를 쓰자면
머리를 짜내 지면에 발표를 하나,
돈도, 명예도, 비평도, 논쟁도 아직은 없다.

한 계집의 춤값으로
모가지를 내놓은 시인은 예언자.

예전에 쓰레기 치던 청소부가
'먼지가 내 밥이요' 하던 말,

실로 '시 한 편이 밥' 이어야 한다.
우리네 밥상 공동체에서도
'생명의 시' 도 먹는다.

세례 요한 시인에게는
피와 생동력이 춤춘다.

아내에게 드리는 편지

헤어질 때 아쉬움을 남기며
뒤돌아보며, 몇 번이고 망설이는데
떠나야 할 시간에 발걸음을 재촉한다.

떠나갈 때 만날 일은 약속된 언어
믿음의 신의가 희미한 탓이러니,
그냥 굳게 다지는 신뢰의 눈빛만이
저 멀리 자동차 소음과 함께 사라져 간다.

날마다 가고 오고 만나고 떨어져 사는
순례자의 항로에는 기착지뿐이다.
고동소리 끊일 때 두고 가는 정이랑
다시 만날 언약도 불확실한 향수,
서운한 한마음에
환희의 젖은 손수건만 남는다.

약할 때 사랑이 더한 도움의 힘이 되고
아플 때 위로가 믿음에 덤으로 큰 힘이 되네.

어려울 때 삶의 가치에 새 뜻을 새겨 두며
끝없는 여행길에 생기(生氣) 남는 노인장(老人丈)

오늘도 감사에 또 한시름 잊고 산다.

아들의 손을 잡고, 비비면서 건강을 기도하는
그 사랑의 따스함의 느낌이 혈육의 소이 아닌가,
우리 잠시 잠깐 헤어져 살아도
결코 절망이나 실의는 잊고 살아야지.

오늘도 큰소리로 외치며 불러 본다.
돌비에 새겨 놓은 그 큰 사랑
그저 고맙고 좋아서 새 힘이 솟는다.

내일은 무언인가 좋은 날
오늘은 새롭게 달라지는 기쁜 날.

서울의 흙 · 1

7년 만의 외출
지난 겨울 서울 방문 때,
한강변을 거닐며 흙 한줌을 가져와
병에 넣어
아침 햇살의 창가에 둔다.

흙을 생각함은
두고 온 산하와 고향
그리움을 새겨 떠운다.

흙은 썩은 고요한 평면일 뿐이나
배달과 한민족의 혈맥을 증언,

그런데, 오늘 아침
언뜻 흙을 보노라니까
흙 면에서 한 줄기 파란 잎새가 위로 치솟아
생명의 발아가 영상으로 살아나고 있구나!
이제는 흙의 소리 듣는가.

흙에서 와
흙으로 가는 사람아!

서울의 흙 · 2

흙 한줌의 인생
하찮은 몰골에
힘 벅찬 길가에 서서
새 맑은 공기에
한 묻힌 이끼를 떨구고
해거름에 먼 길을
떠나야 하는 사람아.

흙 병 하나 창가에 두고
작은 흙덩이 속에도
수천의 벌레가 서식한다기에
뚜껑을 꼭 덮었었는데,

뿌린 씨도 가꾼 일도 없는데,
요즈음
새파란 들풀이 솟아
우뚝 서서 나부낀다.
생명의 버팀이
솟구치던 영기를 품는 듯 싱싱하다.

아직 아니다 · 2

– 어느 교포의 생선가게를 보고

흑인들은 우리네들처럼
와이딩*1을 좋아하는가 보다.

백인들은 그들의 식성 따라
주로 필렛*2을 찾는다.
그 외로
포기*3
잭*4
멀리.

크린을 해 받는 데는 번호의 순서가 있다.
크린이 다 되기 전에는
누구나 '낫 옛' (Not Yet)이다.

성서에서 '아직 아니다' 란
시간의 상한이 아니고
절대자의 주권.
기다림은 시한이요, 신호이며,
정결의 표시요,
상표이다.

*1 : 와이딩(Whiting)은 동태 종류
*2 : 필렛(Fillet)은 가시를 발라낸
　　 저민 고기
*3 : 포기(Pogy)는 청어의 일종
*4 : 잭(Jack)은 연어 종류

K부인의 손

손 한 번 잡아보고 싶다.
왜 그리 거칠한 손골이
내 보기가 우습게 산다.

찬비 눈 가리고 밤낮 갈림도
저미고 살아, 가진 것 손이라서
하루 청과(靑果) 수십 번
이틀에 채소 수백 번
가꾸고 털고 뒤척거리다 보니
그 곱던 손길은 어이 찾아볼까나.

이 손 살갗에, 그 많은 희생과 각고를
물로 적시네,
피로 새기네.

노동하는 손이라서
기도하는 마음이려니,

거친 손바닥과 등은 더더욱 더해 가나,
영원히 새 손 되어
구원의 손길 되소서.

어머님

떠나 와 살고 보니
잊혀 간 고향
나의 조국 대한민국 어데 있는가.

떨어져 있다 보니,
볼 수도 없는 어머님
그냥 마음도 생각도 멀리 떠나 사니,
그리움도 아쉬움도 저미고 산다

밤낮 마음만 서울로 고국에 가
어머님을 만나 보고파
비행기 볼 때마다 잊혀 가는 속사정이
그 소리에 묻혀 사라진다.

보고 싶은 그리움도 속살을 태울 때면
한 줄의 글 소식도 못 전하는 이 떫은 마음에
날마다 기도로 문안만 드린다.

그때마다 물끄러미 쳐다보는 어머님
그래도 내일에는
꿈에라도 만나 볼까나.

돌베개 하나

이미 태(胎) 안에
두 쌍이 자리하더니,
시랑도 미움도 손 끝에.

마냥 다툼과 화해로운 조우(遭遇)는
여전하다.

돌 베게 하나,
기둥 세워
기름 부어
서원한 역사의 교훈도 읽는다.

입맞춤과 향취로 축복한 후
돌이킬 수 없는 원 웨이(One Way)인가.
언제 중동의 혈투는 멈출 건가.

그런데 우리의 남과 북은
별미 한 그릇으로 순위가 갈라선
분단의 통한(痛恨)도 아니라면
고요한 밤하늘엔
별빛도 흐리구나.

뉴욕 쌍둥이 빌딩

이런 곳도 있구나
1백 10층 위에서
허드슨 강물을 본다.
저 멀리
'자유의 여신상' 도 보이고
유유히 흐르는 강물 위
작은 보트며, 요트도
물살을 헤쳐 가고 있다.

햇살을 받으며
창가에 앉아서
먼 하늘 흰 구름 보노라면
산란한 내 마음에
평안을 주누나.

저 구름이 웃고 있다.
누구를 보라는 듯이
그만
찬란한 광채가
스크린 화면처럼
창조의 섭리를 품어낸다.

오늘도
바람 따라 넘나드는
먹구름의 떼를 본다.

하늘과 땅
그리고 모든 기류(氣流)도
함께 일하며
더불어 살아간다.

형 생각

잊은 지 오래인데, 왠지 생각케 한다.
그때 야밤중에 서울 종로길을 걷던
형의 얼굴이 끝내 마지막이 될 줄이야
어찌 알았으리요
아, 그리움도 아픔도 끝이 없으니,
전쟁의 십자로에 서서
찢기운 살점이 너부적거리누나.

탈출이 곧 생명의 보장은 아니었을까,
부모, 형제, 가족을 대신해
그냥 골고다의 길이었나 봐.
마냥, 서러움도 울음도 뒤로 물리고
나라 위한 애국심은 헛된 꿈
오직 역사의 희생인가.

그때 내 나이 홍안 17세
형의 나이 19세
오늘 나는 80세월이 지나
형의 나이와 합하면 1백 62세
아브라함이 그의 열조에게 돌아간
나이 1백 75세도 못 미치누나.

새 천년 새 날에

아침 산책길에
'버거킹(Burg King)' 빵집 옆을 걷는다.

비둘기는 간 곳 없이
웬일로
강물은 먼 발치인데
'갈매기' 떼들이 먹이를 쫀다.
샛강도 먹물이어서
별로 먹거리가 없나 보다.

우리네 코리안들
미국에 이민 와 산다.
열심히 일하며
개발도 개척도 하나,

먼저 온 선주민(先住民)들은
'침략' 이라 혹평(酷評)을 한다.
고약하다.
이 땅이 애초
누구네 땅이며, 터(場)이냐.

아무리
점유권(占有權)을 내세우나,
'자유와 평등 그리고 평화' 가
이 나라의 기반인데,
괜스레
새천년 시발에서…
걸림돌 걷어 내고
이웃과 더불어
힘 있게
미래로 뛰라.

바위 틈에 서 있는 나무

바람 한 점 없다.
구슬땀이 비 맞은 듯하다.
선풍기나 에어컨도 잘도 멈춘다.
아마 과소비가 공급을 못 따르는 걸까.
밤에도 선잠을 연거푸 잔다
(밤잠도 설치면 체력이 감소할 텐데)

나그네의 서러움
걸으며 삭인다.

어디서 와서 어디로 가는 건가.
대답을 묻는 이에게는
새천년의 약속은 접어둔다.

한 가닥 끈기로 이어 온 학처럼,
나무 비탈에 서 있는 것은
그 바위 틈 사이에 더 큰 버팀목이 되어
왜 내가 있는가의 존재 판단을 확인키 위한 몸부림이다.
그래도 끈질긴 생명수(生命樹)
여기
가냘프나 서 있는 나무.

감나무

감 나오라
배 나오라 한들
감나무에 배가
배나무에 감도 맺힐 수 없다.

오뉴월에 황록색 꽃이 피면
주황색 열매 익기까지는
한여름의 뙤약볕도
찬바람
밤이슬도
잘 견뎌야
단감으로 곶감이 된다.

떨감은 물렁거라.
예전에
울 할매
황간(경상도)서 사 온
곶감 먹던 생각난다.

그 횃불 아직도 타오른다

잊고 있다
잊어버리고 산다.
지난 일의 수모와 압제를 들쳐내
또 다시
과거에 집착함이 그리 기분 좋은 일은
아니지 않은가.
하나
그들은 사죄라는 공식 발표로는
많은 공포로 인사치레에 머물러
왜곡된 역사 오도로
국민 정서에 지배적인 자만이
생생히 잔존한다.

웬일인가.
뭐! 옛말에 뭐한 이가 성낸다더니,
참으로 별난 일이 다 있구나.
정말 고얀 일이다.

바깥 바람이 거셀 때는
문단속도 몸조심도 해야 하거늘
서로 물고 찢고

다투고 나누인 것이
파멸의 근원, 원인이 아니겠는가.
하나
일찍이 상화는
'빼앗긴 들에도 봄은 오는가' 고 하였다.

수많은 우국지사들
설움과 한에 맺혀
눈물을 삼키며
'울밑에 선 봉선화야!' 를 노래 불렀다.
약소 민족의 아픔도
스스로 달래며 위로하며,

그런데,
짓밟힌 등, 어깨에
은근히 솟구치는 새 힘
소리 높여 이리 뛰고, 저리 뛸 때
한 가닥 빛 된 소망은
빼앗긴 나라 찾기에
오직 한마음뿐이었다.
대한독립만세.
3.1 독립만세.

Ⅲ부
새벽을 깨우리라

아침에 창문을 열면

아침에 창문을 열면—
찬 공기와 함께 동녘이 밝아옵니다.
새날의 아침은 마냥 신선합니다.
고요와 소요의 사각로에서
동트는 고동 소리를 듣게 됩니다.

아침이 가고 저녁이 오면—
하루의 일과를 정리도 하며
조용히 잘못의 반성도 합니다.
우리 집 가계 장부도 기록하곤 합니다.
'명상의 시간'에 마음의 안식을 갖습니다.

주말인 오늘은 몹시 바빴습니다.
결코, 시비의 소지가 생기지 않기 위해서
모든 종사원들에게 주의를 주곤 했습니다.
매번 당하고 살 것만은 아니라 하나
그래도 큰 손해가 아닐 때 자위하게 됩니다.

하나, 무척이나 고충거리는
교포끼리의 반목과 질타는
상처와 곤경을 주어 잘 삭이지 못하곤 합니다

이제 가을이 성큼 문밖에 다가옵니다.
그런데 우리의 마음과 생각이
높고 넓게 펼쳐졌으면 합니다.
얼마 전 맨하튼의 어느 채소 가게에
교회의 부흥회를 알려 드릴 겸
인사차 들른 적이 있답니다.
어느 주인이 하는 말,
교인도 적다면서
"부흥회는 무엇 하는 가고?" 하더랍니다.
그 날 그 한 마디가
그 사람을 몹시 울렸답니다.
요즈음 부르클린 흑인시위사태가
생각나서 더욱 그렇습니다.

단연코
우리 교포들의 '마음의 변화' 가 있기 전에는
'대화' 나 '시위' 를 하나
얼마를 도와주나,
별반 상태가 아니겠습니까.
거의 모든 분쟁이
'사랑의 결핍' 에서 옵니다.

새벽을 살며, 저녁을 생각합니다

고요한 정적을 깨고 차 소리가 들립니다.
새벽을 사는 이에게는
찬 공기가 활기를 부어 주기도 합니다.

날마다 달빛처럼 맑은 미소에
해지는 저녁노을을 못 보고 사나
마냥 큰 일에도 안도의 한숨을 쉬며

그리고
한날의 일과를 반성하는 저녁입니다.
오늘은 먼 길을 다녀와서 퍽 피곤합니다.
기다리는 젊은이들에게 꿈을 나누어주며
잘 살아 가야지 바르게 살아야 한다고
기대가 넉넉한 욕구에 미진하더라도
스스로 자립하며 갈 길에 진입을 바랄 뿐,
아무쪼록 잘 살기만을 바랄 뿐입니다.

사노라면 이런 일, 저런 것 보고 알게 될 터이지만
결코, 가던 길 뒤서지 말고,
뜻한 바 저버리지 말기를 기도할 뿐입니다.

주께서는 새벽에 생각을 여시고 은혜도 주십니다.
저녁에 또 생각을 푸시고 축복을 헤아립니다.
새벽을 살며 저녁을 내다보는 것은
하루가 천년 같은 앞날을 바라봅니다.

이 저녁이 내 인생의 끝이라 할 때
두려움과 근심에 매몰되지 말며
조용히 그리고 차분히
영생의 시발을 떠나가야 합니다.

그래서
사도 바울처럼,
"우리는 날마다 주와 함께 죽고 사노라"고 하였습니다.
우리도 역시 저녁에는 죽고 새벽에 다시 삽니다.

오늘도 주의 몸 된 교회의 강단에서도
예수 그리스도는 우리를 위해
십자가에 죽으시고 다시 부활의 주로 사십니다.

곧 '복음 사건의 반복' 이
삶의 환희와 희열을 전달케 합니다.

오직, 가진 자만이
아니, 받은 자만이
감사와 감격의 기쁨을 소유합니다.

그래서,
새벽을 여는 새날의 감회가 큽니다.

날마다 새롭게
새날에 감사와 기쁨의 아침을 살고
저녁을 마감합니다.

이제는
조용히 내일을 위한 안식의 밤 시간입니다.
주께서 우리에게 평강과 은총을
베풀어주시길 바랍니다.

새벽을 깨우리라

사랑의 하나님!
이 아침에
주님의 황금빛 태양이 창문으로 스며들어 옵니다.
그 따스한 햇살이 주님의 사랑으로
우리의 삶을 둘러서 있음을 상기케 합니다.

신선하고, 새롭고, 아름다운 아침입니다.
오늘도 주님의 사랑의 귀중한 선물입니다.

이 날도
우리로 하여금
맑은 하루로 살게 하옵소서.
이 날도
우리로 하여금
인내로 살게 하옵소서.
이 날도
우리로 하여금
즐겁게 살게 하옵소서.
이 날도
우리로 하여금
선하게 살게 하옵소서

이 날도
우리로 하여금
욕심 없이 살게 하옵소서.
이 날도
우리로 하여금
믿음으로 살게 하옵소서.
이 날도
우리로 하여금
사랑으로 살게 하옵소서.

오늘도
낙천적이며, 용기를 가지고
좋은 기회를 만나게 하옵소서!

'기회의 나라' 미국은 너무 크고 복잡합니다.
그러나 혼돈의 물결이 넘실대지만,
오늘도
아침의 고요 속에 귀 기울입니다.
세미한 음성에 계시를 봅니다.
온순하며, 불굴의 정신으로
이 시련을 지탱케 하옵소서.

다른 이들도 더 행복하게 할,
좋은 날이 되게 하옵소서!
영광스러운 하늘나라에서 주님과 함께 살기 위해,
보다 더 준비하는 나 자신이 되게 하옵소서!

오늘도
이 땅에 교회와 신도가 많다고 자랑할 것인가!
그런데 바른 사회, 범죄는 줄어가고 있는가!
오늘도
교회와 신앙이 나와 이웃에 '무관' 하다면,
그래도 교회와 신도가 필요한가!
어떻게 이 '무력증' 을 극복할까!
지나친 '개인의 신앙' 의 독선이 모순 아닐까!
이 어두움의 그림자를 걷어치우는
이 새벽을 깨우소서!
무력한 잠에서 깨어나
이 새벽을 살게 하옵소서!
내 신앙만능주의의 옹고집에서
이 '새벽을 깨우리라'

[하나님이여, 내 마음을 정하였사오니 내가 노래하며 내 심령으로 찬양하리로다.
비파야, 수금아, 깰지어다, 내가 새벽을 깨우리로다.](성경전서, 시편 108:1-2)

외갓집으로 가던 개울

왠지 어릴 적 생각은 자주 멀어만 가,
어슴푸레 잊혀간 저녁굴뚝 불빛.
희미하게 되살아나는 군불 연기처럼,
하나, 아롱아롱 다시 사는 모닥불 같다.

겨울방학이 오면
외가로 보내시던 어머니.

그 멀리, 계룡산.
우리 외가로 가는 길은,
실개천도 발 벗고 건너가야 닿는,
종가(宗家)의 큰 집안.

멋도 모르고
재미스러이 사다리 놓고
초가집 처마 밑
참새 잡던 그 때, 그 일.

사랑도 인심도 넉넉하고,
훈훈한 입김이 깃던 곳.
나의 얇디 얇은 추록(追錄)에 남아 있다.

노동은 기도이다*

노동은 신앙처럼 시한성(時限性)
우리 마땅히 할 일은 노동이려니
노동은 신성하고, 노동자는 충성해야 한다.
노동에 품삯이 있듯이, 신앙에도 구원의 몫이다.

기도하는 노동자는 행복의 측량사
노동하며 기도하는 순례자의 독백은
피로에 젖은 몸꼴을 녹여가며 사네.

기도는 고통과 희망의 언어
기도할 용기도, 여유도, 의욕도 없을 때는
'일의 복음' (카라일)에 뜻을 새긴다.

눈물과 한숨이 기도의 대변자
일속에서 기쁨, 고침(healing)과 해방의 소식도
온종일 땀 속에서 뒤범벅이 된 후
또 다시 새벽 찬 공기를 먹고, 뛰는 노동하는 코리안.

몸으로 아픔과 절규를 말하는
노동은 기도다.
기도는 노동이다.

*앉아 있는 신사보다 일하는
노동자가 존귀하다.(프랑클린)

새해의 기원 · 2

(1)

지난 한 해에는
동서 사방에서 웬일로
'부음(訃音)'의 소식이 자주 들려와
내 심장의 고동을 가속화했다.
"자라 보고 놀란 가슴
소댕*¹ 보고 놀란다"더니
(A burnt child dreads the fire)
제발
그 한 해가 빨리 떠나갔으면 하고
속으로 은근히 간구하곤 했다.

(2)

실로
'깜짝' 놀랄 일들도
몹시 당황케 하고
우리 계획과 길을 변경시켜 놓고서는
냉혈한의 뒷모습을 보는 것 같다.
한데
"'놀람'이 철학의 시작"(플라톤)
문학도 '놀람'을 내용으로

인생의 체험을 산다
" '놀람' 이 인간이 지닌 최고의 몫이다."(괴테)
하나님은 인간의 삶에
직접 개입하고 간섭하신다.

　　　(3)
하지만
새해에는 조용히
그러나
활기차게 살아가게 하소서!
이제는
새해의 새 달력도 꽂았습니다.
하여간
지난 해는
완연히 뒤돌아 보지 않으렵니다.

또한
지난 해는
실패의 연속이요
더욱 내 힘만 의지하던
세월로 점철되었습니다.

오 주님!
새해에는 주님만 신뢰하도록
은혜를 주옵소서!
이제는
불필요한 생각들이란
'가라지 세일' (garage sale)[*2]이라도 하도록
용기를 주옵소서!

새해에는
서로 사랑하며 용서하고,
남을 나보다 높게 여기며,
'사랑' 으로 만나며,
'평화' 를 기원하며,
'화해' 하는 나그네의 실존,
공존의 광장에서
함께 더불어 춤을 추게 하소서!

*1 : 소댕은 솥뚜껑.
*2 : 가라지 세일은 미국에서 중고가구나 잡화 등을 약간의 값으로
     파는 것.

고난의 극복을 위하여

오늘을 사는 현대인들에게 '삶의 기분'은
'불안'과 '절망'입니다.

'조지 오웰'의 예언이 적중되는
바로 '종말의 때'에 와 있습니다.
날마다 터져나는 크고 작은 사고와 사건들,
이제는 놀라게 충격을 주기에도
우리는 모두가 능숙해져 있습니다.
한때, 동정과 분노, 염려와 호소도 갈망했으나
지금은 '폭력의 바다' (카롤 야스패스) 위로
표류하고 있는 아슬아슬한 느낌의 스릴을
만끽하는 듯합니다.

그러나,
우리는 날마다 '위험과 긴장' '갈등과 억압'
도전 받는 도시 생활 속에서
신앙은 '더욱 강해야' 합니다.
오늘도, 하나님의 은혜와 은사의 체험 속에서
감격도 가지며, 더더욱 절망(Dread)도,
염려(Anxiety)도, 아픔(Pain), 공포(Fair)도,
분노(Anger)가 곧 횡포(Race)로도,

나타나기도 합니다.
때론,
분노의 천사도 잘 보호하지 않으면
횡포가 되기도 합니다.

하지만,
서로 사랑으로 화해로운 화평을 기원합니다.
서로 용서함으로 우애로운 공존을 소원합니다.
자비로우신 주님!
우리의 회개와 안식 속에서
우리를 구원하소서.
우리의 평온함과 믿음 속에서
우리의 힘이 되옵소서.

평화의 주 여호와 하나님!
우리의 '내면적 사고' 에
깊은 정적을 얻게 하옵소서.
우리를 주의 영원하신 샘물에서
새롭게 하옵소서.

용기의 주님!

주께서 나의 손을 붙잡아
두려움을 이길 힘을 주옵소서.
주께서 나의 믿음을 깊게 하여,
모든 공포를 물리쳐 주옵소서.

승리의 주 여호와 하나님!
우리의 눈을 들어 주님만을 우러러보나이다.
우리의 약함을 아오니,
권능의 주님께 나아갑니다.

오! 주님,
어려움을 만날 때
나를 지켜 주옵소서.
오! 주님,
내 앞에 계시어
나와 함께,
나를 도와주옵소서.

주님! 내 곁을 떠나지 마십시오

사랑의 하나님!
우리는 무엇인가 얻든지, 잃든지
주님과의 관계로 안전하기 때문에
감사를 드립니다.

용서의 하나님!
오늘도 주님의 뜻을 따라 살지 못하였을지라도
주님은 우리 곁에 머물러 계시어
결코 떠나지 않으셨음을 감사 드립니다.

은혜의 하나님!
이곳 미국 땅에 살아남기 위해서는
꼭 세 가지가 필요하다고 합니다
'믿음' 과 '건강' 그리고 '물질' 입니다.

그런데
'믿음' 은 영혼을 풍요롭게 하고
'건강' 은 인생의 본분을 다하게 하며
'물질' 은 안정된 생활에 필요합니다.

축복의 하나님!

가을과 추수, 결실의 계절이 되면 보스톤의 프리미스(Plymouth)에
첫발을 들여 놓았던 '청교도들' 을 생각하게 됩니다.
그리고 미국의 건국이념의 밑바닥에는
'신앙' 인 것을 알게 됩니다.

은총의 하나님!
어느 한인 교포에게 묻습니다.
미국에 어떻게 왔으며 행복하십니까?라고
그런데 어느 채소가게의 '화장실' 에서
잠자는 한인 종업원을 목격한 일이 있습니다.

독한 결심, 포부를 감싸고
고생과 고난을 담보로, '물질' 은 얻는 대신에
'신앙' 과 '건강' 은 저당 잡는
고뇌와 아픔을 견디기도 한답니다.
보람에 사는 것은 가족과 함께 사는 즐거움이지만
환멸에 고심하는 것은
남 모르는 눈물을 감추어야 합니다
하 그리 많은 우수와 애환을 그 누가 알랴!
주님만 내 맘을 아시리!
위로를 주옵소서!

주님! 지금은 어데 계십니까? · 1

사랑하옵신 주님,
어데로 오시렵니까!
레이건은 '실수'를 시인할 때
용서하고 싶은 국민의 사랑을 기도하는데
웬일로 우리들은
용서하고픈 마음도
잘못도 시인하는 겸비함도
없음을 고백합니다.

외로움에 지쳐
몸져 누워 있는 젊은이들도 있습니다.
가정의 갈등이 몰고 온
엄청난 고민을 혼자서 품고 사는
방랑하는 이들도 있습니다.

꿈 많고 희망찬 내일의 일꾼 되기 위해
공부하고 일하는
오늘을 사는 청소년들에게는
이해(理解)의 거리감과 사랑의 결핍과
통곡하며, 우울이 지내는
우리의 아들 딸들이 있습니다.

살려고, 살아보려고
끈질긴 투쟁과 분발이 가져다 주는
허무한 심성이 공허를 느낄 때는
이미 두 마리의 토끼를 잊은 듯한
아쉬움만 남았습니다.

서양문물과 풍속에 젖어
그대로 때묻고 가리운, 채색된
그리스도만을 바라보다가
그만 그 진수는 마냥 놓치고 난 후
껍데기만 즐기고 있습니다.

튀김으로 뒤바뀐 한국문화가
서양 속에서 분양되긴
성속(聖俗)의 구별만큼 힘겨운 듯
별로 재미없는 일이 되곤 합니다.

인간 구원이 영혼뿐 아니라 전인구원으로
참 인간 됨이 좋을 것인즉
무의식 속에서 공해로 감염된
이 회색인간(灰色人間)이어라.

우리가 외로울 때

주님!
우리가 "외롭다"고 불평하는 것은
우리 주변에 사람들이 없음이 아닙니다.
온종일 우리 곁에는 떠들썩하기도 합니다.

다만 '사랑과 관심' 이 없다는 것입니다.
만일 우리에게 '사랑과 관심' 을 베풀 수 있다면
잠깐, 우리들은 한시름을 놓을 수도 있습니다.
또한 때로는 지나치게 '사랑과 관심' 을
갖게 되는 경우도 있습니다.

주님!
아무도 우리의 '감정과 필요' 에 관해서
정직하게 관심을 가져주는 분이
한 사람도 없습니다.

또는 어떤 활기찬 목적보다 더욱더
우리에게 관심을 갖고 나오는 분도
한 사람도 없습니다.

주님!

우리는 '자기연민' 에 빠져 있음에 대해
우리를 용서해 주옵소서.
주님은 역시 '고독의 길' 을 걷고 있습니다.
주님은 우리 아버지 하나님의 사랑 속에서
만족을 찾고 계십니다.

오 주님!
우리가 고독하다고 하는 동안까지도
결코 혼자가 아님을 믿습니다.
이 밤에 주님의 사랑의 돌보심에 얽매어 있습니다.
이튿날에 우리를 불쌍히 여기지 않도록 기도 드립니다.

온종일, 우리 곁에서 떠들썩하는 사람들도
모두 고독한 사람들입니다.
'생각과 아픔', '슬픔과 상처' 를 잊으려 하나
잊혀지기에는 아직 먼 길에 서 있습니다.

결코, 인간의 '관심과 사랑' 으로는 부족합니다.
우리 하나님이 그 크신 '사랑과 관심' 이
모든 '병고와 어그러진 상흔' 을 치유케 하십니다.

눈물 · 2

나의 아버지는 '농촌' 도 아닌
그렇다고 '어촌' 도 아니고
'광촌' 이 한때 가까이 있던
'산촌' 에 사신 적도 있다.

태백산(太白山)에 함께 걸어 오를 때는
그 산 정기 못지 않게 강건하셨다.
산정상(山頂上) 산사(山寺)에서
산채와 함께 먹던 밥 한 그릇도
거뜬히 비우며 감사하셨다.

언젠가 퍽 피곤한 오후에,
어느 조카가 보내온 '수표 한 장' 에
'눈물' 흘리던 아버지의 그 모습.

눈물과 함께 빵을 먹어보지 않은 사람은
인생의 참맛을 모르리라.

트윈 빌딩 그 후

– 1975~2001

한 번 더 가 보고 싶던
옥상에서 내려다본 허드슨 강,
자유의 여신상.

누가 이 파괴와 생사를 가능케 했는가.
하늘과 땅도 가라앉은 이 살의(殺意)
역사의 심판을 어떻게 감당할 건가.

또 다시 더러운 전쟁, 정당한 전쟁에
끔찍한 살상과 적대 행위.

뜬눈으로 밤낮을 지새우는
수많은 눈과 눈, 가슴과 가슴, 손과 손
놀람과 두려움을 가라앉혀야 하는가.

경찰관의 명찰, 소방관의 작업모가 주인 잃던 일로,
반목과 증오, 분노며 불안감을
언제까지나 묻어둔다고 할 것인가.

결코 '심령적 교만' 은 파멸의 요새임도
잊지는 말자.

사랑의 꿈 마차

축복 있으라
글과 손이 주와 그리스도를 위해.

미지의 세계 꿈을 실현키 위한 끝 없는 항로,
주는 그리스도시며, 살아계신 하나님의 아들이란 고백
크든 적든 충성과 봉사에 불타는 선교열.
리브가를 사랑하여 또 참고 기다리던 이삭처럼,
스스럼없는 인고가 희망을 잉태케 해
찬 서리 폭풍이나 엄동설한에서도
문서가 말하는 성유의 치유 되게
학문의 그 큰 뜻도 되새겨 가며
가뭄에 단비처럼, 축축히 적시고 가면,
협조와 협력이 보람 뜻 심어간다.
회생이 우리의 정서와 우의(友誼)도 다지며

발로 달리는 '복음의 전령' 이 되어
전도자의 애환을 싣고 힘껏 달려라.

고난 받는 하나님과 함께

[반성]
요즈음 뉴욕 맨하튼 지하철 곳곳에는
세계 3차 전쟁이
예수 그리스도 예언의 말씀이라고 나붙었다(마 24장, 막 13장, 눅 21장)

지구촌의 최후의 종말, 운명의 시계바늘이
4분 전, 3분 전에서 이젠 1분 전이라고
빈곤, 기아, 지진, 화산폭발, 핵전(核戰)의 위험이
종말의 상징 아닌가!

더욱, 무신 불신의 세상에
사랑도 식어가고 믿음도 없어져 가니
그 더욱 그러하다.

한편, 악이 크니
덕의 교훈이 무색한 시대가 되고,
변동과 반란의 시대,
혼란과 변절의 시대,
타협과 아부의 시대,
어찌할 것인가.

[회개]

이 환란과 고난의 때에,
나누임, 갈라짐, 끊어짐, 부서지는 시대에,
어둠이 오고,
텅 빈 공허, 허무(시몬느 베이유)가 꽉 차 있다.

한인이민교회는 '사랑' 이 있으나
'정의' 가 없는 것 같고,
'정의' 를 앞세우나, '사랑' 이 약한 것 같다.

하나만(Either~or)의 주장도 경향이 아니라,
둘 모두(Both~and)를 수용하고 포용하는 '전체' 요
'연합' 하는 '온전함' 이 아쉽다.

"이웃을 위한 교회 되기 위해"(V. haeffer)
"이웃과 함께 하시는 하나님이
우리를 위하심을 우리는 믿는다."(J. Moltman)

종교개혁자 루터의 아들이 묻는다.
"임종하는 아버지에게 더 '회개' 할 것이 없느냐"고.

[화해]

증오는 악이다.
다투면 또 다른 증오가 생긴다.
분열은 악이다.
분열과의 투쟁은 또 다른 분열을 가져오지 않던가!

주가 그리스도로 '나심' 과 '오심' 은
하나님이 세상의 고난의 종으로,
교회에 아니 이 역사 속으로 들어오시지 않았던가!
평화와 사랑, 화해의 길로
그리스도는 오시지 않았던가!

이 해가 가기 전에
서로 마음 상한 사건들은 살풀이라도 하자.
찾아가서 용서를 빌며 사랑하며 협력하자.

[비전]
오늘의 일부 미국인들은
사는 데 지쳐 있는 것 같다.
그래서 그런지 밤새껏 눈비 맞으며,
울긋불긋 색칠한 옷 머리에도
단장하고 다니지 않는가!

미국의 신은 죽은 것같이,
그네들은 '사탄의 힘' 을 믿는다니
종말을 향하는 악마적 세상이다.
반면에 우리는 아직 살 줄을 모르는 백성,
삶의 투쟁에서 고통과 역겨움의 격돌의 계속이다.
삶의 의미는 어디서 찾을까
때론, 바람에 휩쓸린 수풀처럼,
그냥, 살아가는 것인가!
주일 하루만 지키는 것은 '신앙의 인플레' (가부리엘 바하니안)

이젠
교회 중심주의에서
삶과 역사의 중심주의로 탈바꿈도 해야 한다.
종합적 신앙성장 곧 '성숙' 이 필요하다

[과제]

구원자의 생명을 '잉태', '성장', '탄생' 하게 한 것은
희망과 축복의 힘이다.
이는 미래의 열쇠며, 구원의 서약이다.
저 태안에 형태를 갖춘 생명은 신앙의 행위
고난과 참혹한 절망 가운데서도, 삶이 곧 믿음이다.
믿음은 곧 꿈이요, 삶의 찬가다.

복음의 소식 되고 삶의 기쁨이
온 가족과 함께 이웃과 더불어
고난의 주로 오심 맞이함같이
세계 속의 한민족 위에
훈훈하고 따스하게 힘이 되게 하소서!

활활 타는 횃불이 되어
새 날을 밝히는 새벽을 알리는

누가 바람의 소리 듣고 있다고 하는가

어느 것과도 같지 않는 사람들은 그것에 대해 비교한다
그 여름 달(月) 휴가를 떠나던 날
백야(白夜)처럼 흑암 속 안개비가 울고 있다
꽃봉오리 필 무렵이면 찾는다던 그 소리
웬일로 봄소식은 지나가는데 더디 못 오는가
산마루 언덕 그늘에 서서 기다리는 미련(未練).

세계가 변혁이나, 개혁을 이루고자 좋아진 세상
성숙하고, 편리해져 이제는 신 없이 잘 살고자 하는가[1]
사람이 창조자 역할로 발전 분화하려는가
하나, 창조주 영역 넘보는 침범은 조심
힘겨운 난개발로 자초하는 재난은 경계할 일
하늘의 뜻 저버리어 힘겨운 일은 피해야.

민심이 천심, 하늘 같은 백성, 우리네 살림살이 살 만하다 하나
밥만 먹고 사는 건 미개인도 후진국 사람도
'민주' 며 '자유' 외치며 울부짖는 무리들
"진리를 알면 자유케 되리라"[2]
음흉(陰譎)한 긴 터널 지나 희망의 신작로(新作路)
힘찬 발길에 온누리 산천초목 함께 방긋 웃는다.

*1 : 야스퍼스(Karl Jaspers)
*2 : 신약성경 요한복음 8 : 32

IV 부

흔적

뉴욕은 LA가 아니잖니

LA는 지금 80도
뉴욕의 내일은 20도

날씨 차이
계절 탓이기도 하나
기온의 높낮음이 비교

민족이나 민주의 동질성도
기후나 체온의 변화처럼
차별해야 할까.

서로의 국익도
평화에 우선일 수 없듯이 국기(國基)가
공존에 뒤설 수도 없지 않을까.
사고의 차이로
욕구를 강요할 수 없겠고
주권이 앞서
비토(veto)하는 적대도 주의할 일이겠다, 하나.
낮아지는 겸손에, 우선.
존중에 중재며 화해로
더불어 살 수만 있으면.

뉴욕 곰산 등반기

산 밑 허드슨 강 줄기 있는 곳
찻길로 거의 2시간
곰산의
정상에
또 1시간

예전에 선친과 태백산 함께 오르던
그 기운 같지 않아, 이제.
산중턱 바위에 앉아
먼 산 밑, 강물 바라보니
심신도 상쾌하다
비 끝 산 공기도 맑아
휴식도 즐거운
꽃 같은 어린이와 가족들.

산줄기 냇물 흐르는
소리는 들리는데
산새 떼는 안 보인다, 아마.
전장(戰場) 간 아들
무사 귀가할 때, 함께.
오려나.

뉴욕 루스벨트 74가

기다림은 희망을 담보
선택은 주인의 고유 권한
새벽 교회 앞
받아먹은 커피와 빵
거리의 성찬.
팔려갈 시간에
날마다 작은 임금이나
서성이는 인력 시장

해 저물어도
일할 곳을 못 찾은
서너 명이 나눠 먹는 빵 조각
위로도 서로 나누듯
웃는 모습이나
피 울음으로
속옷을 적시누나.

중심축

흘러도 흐르지 않는
가도가도 끝이 없는
마냥 굴러가도
흔들릴 수도
꺾일 수도 없는
그 중심
중앙에 버티어
견고히 서 있는.

힘이 모자람도
가기 힘겨워서도 아닌
순리로 가는 시간의 굴레
무너져 내려 흔적은 가도
불타 버려 찾을 길 없으나
보이지 않는 힘의 축.

끊기지도 않으며
머물러 주저함도 없이
지탱케 하는 그 축, 중심.

소호*¹를 거닐며

가끔 찾는 길목이나 붐비는 거리에
나는 그림이나 회화에도 백치(白痴)
이곳 저곳을 둘러봐도
짐짓 아리송한 풍경

조화로 데생*²이 특출하다.
오늘의 테크놀 시대
밥상 위에
와이어리스(wireless)도 설치하고
패션에 와이어로 연결함이
너무 자유를 얽어매어
조금의 자제나 구속을 표출코자
감각의 상상은 다채롭다.

현대의 현상이 억압에서 탈출코자 하는데
예술에의 패션으로 좋아서 필요를 채우고자
끝없이 순례자는
오고 오고 또 간다.

*1 : 소호(SOHO)—뉴욕 맨하튼 다운타운에 위치한 문화예술인들
    의 작은 마을과 상가로 문전성시를 이룬다.
*2 : 데상(dessin, 프)—소묘(素描)

흔적

'밑바닥 터전' (Ground Zero)
그 위용
아름다움의 흔적
간 곳 없고,
남은 유품
교회 철조망에 걸어 놓아,
그 날의
처절함과 허망스러움 말하듯
구경꾼들의
발걸음만, 짐짓.
멋게 한다.

예전에
한복을 곱게 입고 다닌 은사께,
참 우아하여
곱다고 했더니
"뭐, 겉옷 입을 날도
길지 않다." 라고.

우리 선친 떠나신 후
헌 입성을 입어 보았다.

명주옷보다
짧은 인생
무어 큰소리 높여 보았자
말짱 허허롭구나.

오늘은 내 생일이 아니라도
미역국이나 끓여먹고
쓰린 속이나 다스려야겠다.

허드슨 강*가를 거닐며

해거름 녘에
강가를 걷다가,
벤치에 앉아
강물 위 흰 갈매기 본다.
출렁이는 강물
추워서 파도를 치는가.

물을 잇는
워러 버스(water bus) 고속 페리호
꼬리 따라 오간다.

강바람이 차가울 땐, 뛰든가.
빠른 걸음이어야 한다. 옛날,
눈 덮인 도봉산 언덕 따라
뜀박질하던 그 시절
애조(哀調)로이 회상된다.

나 홀로 거닐어도
함께 걷는 이와
새 힘 솟는다.

*허드슨 강(Hudson River) : 뉴욕 시(주)와
  뉴저지 주 사이를 흐르는 강.

그 두 사람

먼 길을 떠나는
발걸음,
내 마음 같지 않아
괜히 시간만 맞추느라
빈 주먹이 앞선다.

새벽을 찾노라고
어둠을 쏘다녔으나
헛된 한 시절은 가고,
꿈 같은 옛 이야기
남겨야 할 보물이 될까.

그 사람,
나 몰래 적은
편지 한 줄,

하얀 스웨터에
눈물 젖은 흔적을
지우지 못하고
떠나온 그 사람은
서러움이 끝없네.

엠마오로 함께 가던
그 두 사람은
행복하였네.
하나
그를 만났으나
눈뜬 장님.

밭에서나
맷돌을 쥔 이들도
끝 날에는 들리우는 이,
떠나야 하는 '별이'를
어떻게 견뎌야 할까.

그 두 사람,
서로 갈리우면
그 아픔 오래오래 가는데,

그를 떠나 살면,
그 마음
얼마나 아리파* 하실까.

*아리파 : '아리고 아파'의 합성 조어.

생명, 사랑, 희망의 행적

이 세상에 처음 출생할 때
함께 온 생명이어라, 감사함이다.
나아진 과학기술로 병골(病骨)도 치유하고
시한부 질병을 치료하나, 제한적
'생명의 경외(敬畏)'를 노래하나
생명의 신비는 아무도 모른다.
온 천하보다 더 귀한 생명이어라.

우리가 사랑할 때 진정 시인이다
기적이 일고, 은총이 풍성할 때
수월하고 평탄한 인생길이 아니나
빛과 소금이어라 지팡이가 되어
음산한 산악길도 뛰어 넘는 사랑길
아무리 천사의 소리로
왕국을 세운다 하나
사랑 없는 허구요
영혼 없는 생명이어라

여기까지 온 삶은 99% 희망과 열정
때론 좌절과 절망의 늪에서
아차! 하며 잘못 딴 길에서 두리번거리며

후회로운 냉가슴을 써 담느라 힘들어 했다.
무지로워 헛된 찬가(讚歌)로 가는
세월 붙들려 했으나
헛된 지푸라기, 무모한 실패로 얼룩진 행적
꿈과 희망일 때
새로운 용기, 의지, 승리.

바다 비가(悲歌)

늘 가 보고 싶은
바다 앞에 서 보노라면
속 시원스러이
막힌 내 속도 후련하다. 하나,

바다에 끌리는 미세한 혼란
두려움과 아찔한 착란이
그만 떠나고 싶다.
더 이상 바닷물이 보기 싫다.
때론 무지개 보며
물의 심판 없길 바란다. 그러나,

일찍이 우리 할아버님
압록강을 건너 다닌
수영의 챔피언. 한데,
그 물녘에도
영영 돌아오진 아니하셨다니
물은 경계와 주의의 대상. 그래서,
나와 가족들은 바다를 좋아하면서도
물은 몹시 두려운 시선, 하여
나는 바다 앞에 서면
죽음 앞에 선 듯 긴장된다.

야훼의 눈물

예루살렘의 황폐화
피눈물로 원망, 불신.
불순종, 죄의 징계
진노가 불로 솟아
도륙 당하고
굶어 죽기도
대량 학살과 파괴
성전 상실
응징이 너무 커서 지나쳤다고
울부짖는다. 그때에,
신은 어디 계셨는가, 고 묻는다.

뉴욕 쌍둥이 빌딩 무너져
돌 부스러기 휘날리며
꽃잎처럼 사라져 간
흐트러진 분진(粉塵)
누구 탓이냐? 그때
신은 어디 계셨는가, 고 묻는다.

아우슈비츠의 가스실, 그때도
신은 어디 계셨는가, 고 묻는다.

하나님 없이
하나님 앞에서
신은 너무 슬퍼 "울고 계셨다."*

이제 다 쏟아 붓고 난 후
메말라 버린 눈으로
바라보며, 말씀하신다.

"내 본 마음은 아니다." 하며
끝내 약속은 파기치 않으신 분,
야훼!

우묵 매미의 비밀

아찔아찔,
깜짝깜짝.

피 부름의 소리
이곳과 저곳
들녘과 벽돌집.
건너뛰는 피의 표적
생살(生殺)도 넘겼다지만,
피 흘림이 없이는
사함도 없다.
죄로 죽을 사망도 이긴
그 피(血)로 사함의 비의(秘意)
아직도
아벨의 피는 울부짖는데
핏빛으로 물들인
단풍보다 더한 철쭉 빛
얼마나 오래 울음을 삼켜야 하나,
오늘도
우묵 매미는 미래를 모르고
살고 있는가.

야훼의 불

매정한 가뭄음,
시냇물도 마르고,
극심한 기근
떡 한 조각
먹고 살기 힘겹다.
백성은 굶주려
죽고자 하는데
거짓 바알 선지
갈멜 산에 모아
참과의 대결
불로 응답하는 야훼.

눈비가 내릴 때면,
내 마음은 언제나
고향 강변을 걷는다, 어릴 때.
동네 모서리에
집단으로 뭉쳐 있던
뱀 덩어리를 돌팔매질하던,
생각난다.

동족상잔의 비극

'한국전쟁'(1950~1953)
살생, 그리고
초토화된 국토보다, 더한.
분열,
증오,
질시,
갈등,
적대,
상실감.
피 울음도 삼켰다.

불타는 산하,
뒤로 두고
도망가던,
피난길
초조
불안
굶주림도
저미고 서성이던, 그 해.
춥디추운 항구의 겨울 밤을
어찌 차마 잊으리오.

매캐하며, 뿌옇게 솟아오른
검은 연기.
숨통이 막혀, 울부짖고.
뛰쳐나온 그 표정
놀람과 두려움에 떨고 있다.
잿더미로 끝난,
'밑바닥' (Ground Zero)에
철근 조각을
십자로 세워 놓은 위로
뭉게구름이,
'애별(哀別)의 노래' 부르며
지나가누나.

느릅나무

오클라호마 시장(市長)에게서
연방 정부 폭파 잿더미 속에서
살아남은 미국의 나무라고 하는
한 그루 느릅나무를 받아
바라보는 쥬리아니 뉴욕 시장의
그 눈빛에서 생기찬 큰 희망 내비친다.

그 나무 줄기로 뻗어
수많은 가지에
새싹 잎사귀로 살아 있기로는
따스한 햇살 해맑은 바람이 도와
뿌리로 공급되는 생명수며
자양분이 힘이다.

그 웅장한 미국 뉴욕의 자태
파묻힌 주검과 원한
무너진 폐허 속에서
살아서 일어난 느릅나무처럼
굳게 서 말하라.

"결코, 이대로 죽지 않으리라."

그 나무가 시인이다.

겨울 바닷가에서의 아침

안개 낀 새 아침에 흐릿한 미래가 간다
자꾸 무심한 뜬구름만 잡고자 하누나
왜냐고 자꾸 묻지도 못할 걸
소심한 미련은 아쉬운 뒤만 쳐다본다
무엇인가 찾아야 할 보물의 비밀
천년 세월 역사의 줄기가 알려져도
그 속 깊은 뜻을 살려 품은 서러움 품어줄까
뒤쫓기는 그림자에 환상의 꿈을 먹고
저 멀리 수평선 너머 숨어 살 것 같아
목 놓아 울부짖어 소리쳐 보는 해변에서
대답 없는 메아리에 기다림만 파도치네
물가에 세워진 한국전쟁 전몰장병 기념비
한국 강토에 흩뿌린 피가 헛됨이 없도록
자유, 평화, 번영의 수호신인 듯 우뚝 서 있다
꿀 따라 벌집을 찾는 누리꾼같이
허망한 탐욕에 헛배에 맹물만 삼킨다
대서양 한 켠 겨울 찬바람 오가는 바닷가
무엇을 찾는 이도, 어디로 갈 것인가 모르게
마냥 서러움이나 아픔도 숨기고 걸으며 간다
어디서 와 어디로 가는지 알기나 하는지
동트는 태양 빛의 속 깊은 뜻 누가 알기나 할까.

V부

햇빛 되게 하소서!

나룻배와 처녀 뱃사공

나룻배가 말하기로는
"등에 많이 업혀야 물갈래한다."*
강변의 거룻배가 썰물 후,
홀로 또 다시 밀물 기다리듯,
물이 와야 배가 뜨고,
처녀 뱃사공도 노를 젓는다.

배도 뱃사공도 상부상조(相扶相助)
나 홀로 쉽지 않다.
의지가 따르면
배려도 오는 정, 가는 정이
싱그레 반긴다.

공존, 공생, 상생, 공동체란 좋은 말.
더불어 살기 어렵다.
겸손에 희생과 죽음을 건너 뛰어
목표 위, 승리에
가슴 벅찬 환희에 감사.

*한용운의 시 〈나룻배와 행인〉을 읽고.

시인의 고백

전쟁과 석유.
긴장에 분쟁이 넘쳐
실수와 자책을 고백하며
한민족과 세계의 평화.
멀고도 험난한가.

새벽 여명에 앞서
칠흑 같은 어둠에
사방은 고요하다.
"빛이 있으라" 함은
흑암의 분별이 모호할 때다.

새로운 빛의 절기에,
시인은 예언자.
고난의 풀무불,
험난한 아골 골짜기.
엄습(掩襲)한 광야학교.
임재하신 구름과 불기둥.
오직 생명, 행복, 인생의 근본.
시인의 고독한 용기,
하늘 위, 하나님께 영광.

잔치, 잔치국수 맛 떴다

시원한 멸치 국물,
깔끔한 맛,
부드러우며, 쫄깃한 면발. 예전에
우리 어머니의 손국수 맛.
멸치 푹 끓인 국물 그 맛 나,
잔치, 잔치국수 나누어 먹으며,
인심도 넉넉히 후하던
그 따뜻한 속심도 보고 싶구나.

넓은 대청마루
앞마당에 펼친 멍석 카펫
차려놓은, '거룩한 만찬'
총천연색 전시장.
풍성한 식사와 사랑 노래.
'국수 먹다' 는 곧
'결혼식을 올리다' 라
국수는 명줄도 맡는다.
한민족 줄기 센 이음이다.

밀양 아리랑

[밀양]
거북한 에피소드,
원망도 크고,
조롱하고 싶도록
고통스러운데
저항에,
힘이 실린다.
삶에 지쳐
척척 해결이 못되고
사는 일이
무료(無聊)했음일까
어느 교회 지도자가
여주인공과
부적절한 관계 직전에
자제함의 불편한 장면
현대교회의
적신호 위기 경종
거울에 비친
객관화 자화상
말뿐인 회개로
공수표만 쏜다.
객관적 중간지대.

슬픈 눈물의 사랑

해외 파병 아들이
싸늘한 무언의 육신으로 귀국.
오래도록 떠나 살아온 연고로
'투명 냉장고' 가 있으면
잠든 아들을 한 달만이라도
한집에서 보고 살고자 한다는 그 아버지의 절규
아픈 사랑의 슬픈 눈물을 본다.
병든 몸이 아파도 모르고
멍든 맘, 잘 잘못도 잊으며
자책도, 죄책 고백, 무딘 증세로
피리소리에도 춤도 못 추고,
애곡하여도 울음이 없다.
사랑도 갓 떠난 빈 항구에도
서러운 아픔에 찬 바람만 일고
잊어야 하는 이별.
고요한 아침의 나라
무거운 봄비만 나린다.
잘 가시오.
그 동방의 등불로 사랑 담아 눈물 뿌려
한 밀알로 씨앗 되어 뒤얽힌 울 가슴에
큰 꽃 되어 피어나라.

'라일락' 그 향기 어데 갔나

아침마다 출근길
그 집 옆에 서 있던 '라일락'
달걀 모양 잎이 마주나[*1]
초여름 먼 곳까지 그 향기,
그 얼마나 좋았는지
발걸음 멈칫 선 일로
지금도 그곳 지날 때 두루 찾는다.

그 언젠가 모르리
연보라 흰 꽃 볼 수 없고,
그 향기 찾을 길 없다.
누가, 그 향기 옮겨 갔나.
탁한 비바람이 시샘이 커
정처 없이 모셔 갔나.

너무 좋은,
그 모습에의 향기.
인상 찾지 못하여,
가까이, 더 가까이, 다가가면
못내, 아스라이[*2] 껴안아도
헛바람 잡은 것처럼

향기 찾다 갈 길 잃겠다.
끝내, 그 향기 못 잊어,
사랑의 심포니(Symphony) 날려 버렸다.

옹골지게,
누가 뭐라 해도
예전보다 작아진 이 사람.
어제보다 낮아진 그 사람.

그 향기 품어 존경스럽고,
그 따뜻한 정 사랑 서럽다.

약한 듯하나,
정직함이 믿음직스럽고,
늘상,
조용히 힘쓰는 모습 자랑스럽다.

*1 : '마주나' (기)는 코스모스, 수국처럼 잎이 두 개씩, 마주 붙어 나
　　는 일.
*2 : '아스라이' 는 바라보이나 희미하고, 어렴풋한 저 수평선 같은.

버지니아 숲속에 찬 서리가 내리다

버지니아 숲속에 찬 서리가 내리다.
어린 꽃송이 피도 못하고,
불바다로 얼룩진 피 그림.
슬픔과 피맺힌 응어리
무슨 말과 글이 위안이 되겠는가.

이른 봄철에,
때 아닌 된서리 내려,
여린 푸른 꽃에 떨어져,
피도 못한 꽃봉오리.
모두 시들어 죽었구나.

"죽은 자들로, 저희 죽은 자를,
장사하게 하고,"*
무거운 태풍 같은 안개 속을
잘 헤쳐 가길 바란다.
아픔이나, 서러움이 복받치나,
하늘의 애도와 위로에,
안정과 평안을 기원한다.

*신약성경, 마태복음서 8장 20절.

호숫가에 불(Fire by the Lake)

호숫가에 불 타고 있다.
속상해 불탄 재로 남는가.
묶인 신사는 불을 끄지 못해,
한계선을 넘었는가.
인접의 피 소리에
바람 없이 잔잔하나,
출렁이며, 말 못하는 호수.

삶도, 멋도.
이젠,
견딜 만하지만,
이웃집,
불장난에
놀란 가슴,
가는 세월 잊지만,
끄지 못한 불구경도 위험 천만.
불 내고 후회할까.
포탄은 터져 옆으로 불을 붙인다.
누가,
호숫가의 평화촌을 불타게 하는가.

광야에 불타는 목마.
떨기나무 불꽃은 붙었으나,
하늘에서 내려온 불인가.
칠흑 같은 흑암에의 욕정의 불.
성업도 태워 삼켜 버렸다.

브라이 도리온에 서 있는 분.
온갖 희롱에 수치며, 모욕과 고통도,
참고, 또 참아,
세상과 타자를 위해,
고난, 그리고 죽음까지, 불사르고
끝내,
버림받아,
잊은 듯했으나,
다시 사신 분.
영원히,
영광 있으라.
횃불이어라.

라일락 꽃향기

"개똥밭에도 이슬 내릴 날이 있다."*
비 끝에도 빛 바램도
골목길 거닐며
향긋한 라일락 꽃향기
바람 따라 휘날리면
가던 걸음 멈칫 서서 한껏 내음 품고
생각에 뒤돌아 간다
예전의 그 꽃향기 맞는가.

꽃 사랑해야지 하면서
가지 하나 꺾어와 식탁 위 화병에 앉힌 후
우리 집 애완견. '효리' 가
품은 향내를, 한방에 날려 버렸다.
라일락 꽃향기,
특별 장려상감이다.

한 사람 만나
너스레 입맛으로 다시며
그 사람 냄새 맡는다.
기대어 품어도 편안할까.

*속담 "쥐구멍에도 볕들 날이 있다"와 같은 말 뜻.

슬픔을 보여다오

오랑캐꽃 잎자루,
잊은 지 오래다.
아픔을 말하지 마라
슬픔을 보여다오
사는 것이 힘겨워
재미 없는 저녁 해를 보내고,
끝내, 못 견디었던가.

"악인의 이기는 자랑도 잠시요……"[1]

불안, 공포, 분노, 연민, 원망.
증오, 오만, 납치, 폭행, 살해에 악이 가득.
숨 막히는 초만원 차량의 승객,
아픔은 차라리 낫다.
잊은 고통은 주위에, 죽고 싶을 정도의 격정
이 절망적인 비참.
태어날 때도 빈손.
막상, 떠난다 해도, 아쉬움이나 불안과의 이별.
그 아픔이나 슬픔,
띄워 보내는 것만이었을까.

"세월을 아끼라, 때가 악하니라."[2]

*1 : 구약성경, 욥기서 20장 5절.
*2 : 신약성경, 에베소서 5장 16절.

물과의 전쟁

물 마름에
찾아 마시는 물
서울, 뉴욕 수돗물
정수기 걸러서 먹기도 한다.
홍수 심판은 없다는 무지개 언약.
'쓰나미' 물난리 피해는,
치산(治山), 치수(治水) 잘해야,
지도자, 통치자 잘한다.
물난리 닥치기 전
물길 잘 뚫어,
큰 물의 꿈,
자연, 환경, 보존 큰길.
밤낮 흐르는 그 폭포수 물줄기.
물의 근원 놀랍고, 신기롭다.

어느 곳, 어느 누구, 식수난(食水難)에
큰 시름 속이 타는 듯,
"목마르다" 외치는 소리
엄청난 기름띠 낀 생태계의 파손
죽어가는 물과 생물, 어쩌나
다채롭고 다양한 말뜻의 그 '물'

물 없이 못사는 인간, 자연.
빗물, 샘물, 강물, 바닷물, 눈물, 콧물 모두.

약간 적절히 바라보는 시선은 다르다
나무, 과일에 물 주어 오름은
생기와 생존의 수혈 같다.
물 좋은 생선은 신선타
더욱 끝물의 오이 같은 야채는
한 못 많이 나오는 차례를 센다.
물을 피로 변하게도 하고.
바닷물을 마르게 해,
광야로 지나게 한.
물을 복되고 유익하게 쓰신 자유인.
우물가 여인에게,
물 좀 달라고,
구걸하던 조물주.
먹고, 마신 후에도,
목마르지 않을
'영생의 샘물' 이고 싶다.

야훼의 미소

전쟁으로 포로(捕虜) 된 병사
감방(監房)에 갇혔던 그 다음 날
처형만이 분명한 남은 일.
그 죄수의 마지막 담뱃불을 위해
간수에게 청하며,
마주 대한 시선.
그 순간.
두 인간 영혼 속에 튀긴 불길.
고백과 눈물로 얼룩진 그 한 번의 미소.
한 마디 말도 없이
감옥 문을 열어 풀어 주었다.[*1]

나는 때로 아는 이들과
방긋 미소로 인사.
그도, 그녀도 상긋 미소 지을 때,
서로의 신뢰며, 존경 표시, 신호,
때론, 모르는 이에게는,
안심과 안전의 전언.

태초에 그 지으시던 일, 다한 창조
"야훼 보시기에 좋았더라."[*2]

야훼 미소 지으며 안식하셨다.
그 후로,
세상 사람이 악하므로,
홍수로, 심판 후 무지개 표시
야훼, 미소 지으며 말씀하셨다.

갑절의 영감을 갈구하던 엘리사
불 수레와 불 병기로,
하늘에 오르는 엘리야를 바라보며
야훼, 미소 지으며 통쾌하셨다.
억압받던 이스라엘 백성
홍해를 건너가게 모세에게 능력 주어
야훼가 행하시는 구원을 본다.
불평, 불만의 온 백성들 출애굽한 후.
야훼, 미소로 모세의 노래도 들으셨다.
갈보리 십자가 위.
흘린 속죄의 피
온 인류 구원을 완성케 함을 보신 후,
야훼, 미소로 아픔도 더불어 녹이셨다.

*1 : 생텍쥐베리의 단편소설 〈미소〉 내용 중에서.
*2 : 구약성서, 창세기 1장 4절.

거미줄

폭염에 너무 지쳐서일 거야
무더위를 좀 식히려
대문 밖을 나서면
음침한 밤하늘 아래
거미줄을 쳐 놓고 외출길을 막아선다.

불 호통을 치고
건너갈 수 있겠으나
그냥 기다리다 돌아서 가야겠다
거미줄도 특별 먹이사냥을 위해
펼친 전술적 전략 아니겠는가.

막히면 돌아가는 처신이지만
자조, 가는 길을 가로 막으면
뚫고 가는 지혜를 접어주고
손해 보는 양보로 숨을 고르고
더불어 사는 교훈은 헛소문 아니길
작은 미생물의 꿈도 이룩되는
유토피아가 천국 놀이터이면
얼마나 좋을까
인간들의 무지와 폭거도 조심해야겠다.

대뉴브 강변을 거닐고 싶다

대뉴브 강변을 거닐고 싶다.
'대뉴브 강의 노래' 에 흠뻑 빠져서만도 아니다.
젊은 날의 꿈.
그와 함께 아니면, 나 홀로라도
독일 강변의 은모래밭을 거닐고 싶었다.

'세계문학의 시대' 가 온다고 하던[1]
요한 볼프강 괴테를 읽으며
사랑도 익히며, 시도 무한히 좋아했던 때.
'시인의 나라' 로 가야 한다 했으나,[2]
문학의 분별은 벙어리 냉가슴.

인간의 모습은 자연이고 싶은 것.
자연과 인간의 조화로운 공존.
삶이나, 신앙, 문명의 충돌.
끝장의 역사나 계시에 답할 차례.
평화가 위장이나 가식, 아니길.
그 어느 국가도 최악의 위기는
가장 길고, 어두웠던 날이라 한다.
오고 오는 새날에도,
새 맛 보아야 한다.

*1 : The age of World Literature is due, (Goethe)
*2 : 'Dichters Lande' (Goethe)

햇빛 되게 하소서!

여행 여독인가, 불청객이 찾아와
출입도, 활동에 제동이 걸려
못쓸 것, 쉬 떠나지도 않는다.
시간을 채워야 한다지만, 받을 품삯도 없을 터.

몸 하나 가누기도 힘겨운 시제(時制)에
우주며 세계를 아우르려고
손끝의 베틀로 실타래를 품어내는
흔들리나 바로 서 반듯한 줄기 심지이고자 한다.

노화된 피조물
노폐물은 갈아치울 가능성이 열려 있는가.
황금알만 꿈꾸는 허황된 뜬구름,
다소곳 기다려야 할 새 하늘과 새 땅
오직, 한가락 간절한 소원은
증오와 불화, 갈등과 분쟁의 촛불은 끄고.
사랑과 희망의 불꽃으로 잘 타오르게
온 세상 밝혀라.
받아 펼치는 달빛보다
따스하며, 밝은 빛 내는 아침 해처럼,
햇 빛 되 게 하 소 서!

VI부

희망의 새 아침아 솟아라

강물 위에 달빛이 헤엄쳐

강물 위에 달빛이 헤엄쳐
물길 밟고 동양에서 서양으로
앞세운 야포로 장물아비
문화로 포장한 수치로운 국보급 분실물
힘없는 약소국이라서 할 말도 못함인가.

흐르는 강물에 물어봐도 헛수고이나
순리가 수리(水利)의 법칙이라면
일찍 물줄기 따라와 강탈(強奪)한 국보(國寶)
되찾을 승산은 얄궂은 미로(迷路)인가
바깥세상이 모조리 곱고 사근사근치도 않으니
국력 위에 부강함도 뒤처지지도 말아야
쇠약했던 조상들의 원한(怨恨)도 풀어내고
잘잘못의 쇄국정책도 반성도
무지의 소치인 양, 선교사 처형에 사죄(謝罪)는 했던가
병인박해(丙寅迫害)*1며, 병인양요(丙寅洋擾)*2

뉴욕과 뉴저지 사이 흐르는 강 허드슨
얽힌 역사, 숨겨진 이야기
알아 살펴 교훈이 되고 사료(史料)이면 한다
뉴욕 리버사이드 교회*3 옆 언덕 위에

미국 대통령이던 그랜트 장군[4] 묘가 있다.

신미양요(辛未洋擾)[5]로 조선과의 통상무역 위해

군함과 군사, 두 차례나 침략하다 물러간 일

그 때 미 대통령이 그랜트다

허드슨 강물을 바라보고 말없이 누워 있는가.

*1 : 조선 고종 3년(1866년, 병인) 대원군에 의한 천주교 박해사건.
*2 : 조선 고종 3년(1866년, 병인) 대원군의 천주교 탄압 곧, 프랑스
   선교사 12명 중 9명을 처형한 일로 프랑스 군함이 강화도를 침
   범한 사건.
*3 : 1930년 10월 5일, 6천 명이 첫 예배를 드린 큰 교회.
*4 : Ulysses Simpson Grant(1822~1885). 미국 남북전쟁 때 북군
   총사령관이었으며, 미국 제 18대 대통령.
*5 : 조선 고종 8년(1871년) 미국 군함 4척이 강화 해변에 침입한 사
   건.

허드슨 강의 기적

큰 나라 미국도 국내선 비행기는 모두 작다
오 헨리 작가 기념관 보러 간
그린스보로(Greensboro/ NC)
디즈니 월드(Disney World/ FL)
달라스(Dallas/ TX) 세미나 갈 때도
미니아폴리스(Minneapolis/ MO) 경유
로스앤젤레스(LA) 나, 뉴욕으로 오가는
비행 2(3) 시간은 모두 경비행기.

한데, 이착륙(離着陸)시, 5분은
위험스러워 긴장된다.
사실, 공중에 떴을 때는
살아 숨쉬고, 먹고 마시나
목숨은 저당 잡힌 듯하다
자유로운 의지가 발동하여
자동, 독립, 분산하면
폭발, 파멸은 자연현상.

참새 한 마리도 하늘 뜻 아니면
떨어지는 일 없다고 한다
하늘 날던 한 비행기 큰 강물이 받쳐 주듯

받아 안은 것은 놀라운 기적
신비로운 축복.

비행기 착륙 위해 곡예 하듯 이리 저리
묘기(妙技) 보일 때
참 장관(壯觀)인 듯하나 어질어질하다
다들 몰라서 안심 무사하니 감사.

미국의 슈퍼 보울 결승전에도
그 비행기 네(4) 승무원 함께
얼굴빛, 밝은 인사, 환호
그 전투기 조종사의 지기와 침착성, 과단성
전투기 조종사 출신답다.

하나, 생사의 기로에서
위기 탈출, 극복 위해,
마지막, 감추인 비밀 무기
'기도' 했다지 않나
이런 경우를 구사일생(九死一生)이라 하나
믿는 자 입장에서는
하나님의 은혜요, 큰 축복이어라.

뉴욕 캣츠킬(Catskill) 스키장을 다녀와

눈 쌓인 설경(雪景) 위로 스키로 내려가는 설레임이며 상쾌함
중심이며 집중력에 힘이 실린다
예전에 고국의 논둑 얼음판에서 썰매 타던 짜릿함과의 겹치기도
때론, 엄청난 거리감의 소외로 조소(嘲笑)도 당해야 할까

여가도 즐기며 체력 단련
우리와 고모네 가족 모두 다 함께
사랑의 교제며 화목한 한마당
즐거운 우리 집, 남부럽지 않다
눈 나리는 스키장에서 찍은 기념사진
차로 내려오다, 커피를 마시며
눈송이 절경(絶景)은 눈구름 같다.

눈 오는 날이면, 한없이 홀로라도 걷고 싶다
눈도 많이 와, 풍수수리(風水水理) 넉넉해
허드슨 강물도 맑고, 소산(所産)도 풍년이면
강줄기 춤추듯 숨바꼭질도 잘하고
출렁거리며 힘차게 노래하듯 널뛴다
다만, 이 땅이며 세상사에 마냥 휘둘리면
저 하늘의 빛도 음성, 모두 증발(蒸發)되면 어쩌나
쪼그랑 칸막이에도 별빛이 떠야 한다.

H. 허드슨 다리가 보이는 인우드 공원에 와

맨하튼 섬 위 끝자락에
강줄기 잔디 땅과 접한
인우드 공원*1에는
산책 나온 젊은이 가족
조용히 그리고 사뿐히 풍경화를 그린다
강가 벤치에 앉아 강물과의 인사
물오리 얼음조각에서 내려와
봄 노래 왈츠인 양 유유히 춤을 춘다.

남북으로 오가는 헨리 허드슨 다리*2는 2층이다.
일층은 북향차도, 이층은 남향차도
교통 질서는 정확 안전이 최우선
모두 밑바닥에서 시작하는 개척정신이 기본
처음, 서구인들이 찾아와 펼친
삶의 도전, 물씬 풍기는 듯하다.

요즈음 아시안들 많이 거주하는 지역의
보로장*3은 '침략' 이라 힐난(詰難)했다지만
먼저 와 차지한 '점유권' 만 앞세우는
그들은, 이 '땅과 강물의 소유권' 도 주장하는가.
하나님 제일 우선 신뢰하는 미국의 건국정신

흐린 날씨에 가리고 약하여 듣지도 못하는가.
우리네 한민족 정체성 잘 간직해
앞으로 세계로 나아가자.

*1 : 인우드 공원(Inwood Park) — 맨하튼(뉴욕) 북쪽 207가에 있는
   공원.
*2 : 헨리 허드슨 다리는 처음 발견한 이의 이름을 붙인 것임(9/ 11/
   1609).
*3 : 보로장은 한국의 구청장 격임.

희망의 새 아침아 솟아라

희망의 새 아침아 솟아라
아침 햇살이 우리 집 창가
저 너머 동녘에 붉게 솟아 올랐다
지금은 아침 7시
진정, 어둡던 먼동 새벽녘
살라 버렸는가, 물리 내쳤는가.
희망의 새 아침, 햇살이 솟아 올랐다
맑고, 밝게 훤히 빛난다 우리네 속앓이도
아리아리 쓰린 내음도 모두모두 몰아쳐 버려
우리 다만 오늘을 발 딛고서 일어나
앞서가는 내일의 꿈 함께 나아가자
붉은 저 태양 빛 보니 새 힘 울컥 샘솟듯
힘찬 발길에 새 기운이 실린다.
희망의 새 아침, 저 햇빛 치솟아
오늘의 역사 순례의 길 가다 보면
지쳐서 주저함도, 힘겨워 넘어져도
확실한 갈 길, 가야만 하는 곳
가 닿고자, 다시 일어나 가자
"내가 곧 길이요, 진리요, 생명이다"*
우리에게 희망의 새 아침
떠밀려, 앞만 보고 달리게 한다.   *신약성경, 요한복음 14:6.

6.25 한국전쟁 60주년

1950년 6월 25일 주일 아침에 남침했다
UN 결의에 의한 참전국은 16개 국
남미에는 콜롬비아가 유일하다
무너져 파손된 강토를 다시 세운 그 기백
헛됨이 아닌 자유며 민주를 위함이 확실하다
피와 죽음 위에 되찾은 한국 땅.

늦었으나 보은의 보답으로 감사하자
결코, 자랑이나 형식 표현 아니길
사별(死別)과 이산(離散)의 아픔이나 아린 속맘
잊혀진 전쟁 속에 잊혀 지울 수 없는 상흔(傷痕)
좁은 땅, 산천초목(山川草木)에 흘린 피의 제단(祭壇)
끝없는 정전(停戰)의 경계와 시한은 멈출 수가 없는가
무지하며 잊고 지나옴은 역사의식의 결핍.

고귀함과 값진 진가에 희생과 혈투 후 찾은 자유며 민주주의
자유가 좋아서 만용이나 탈법 아니길
법도 잘 지켜지는 질서 속에 성숙한 시민의식
신생(新生)이란 여린 약소한 나라 아니길
그래도 되찾은 금수강산(錦繡江山) 우리나라
하늘의 뜻 저버리어 고난에 형벌(刑罰) 아니길.

*이 시는, 6.25 한국전쟁 60주년을 미국에서 맞으며(6/25/2010) 씀.

시장과 전쟁

월드컵 축구 경기를 본다
시름도 잊고 일손도 쉰다
즐기는 순간에 만사가 축구로 간다
보통 얻어맞는 시합에도 환호하는 관중은 열광한다
필승을 위한 분전에 박수를 보낸다
접전, 정면돌파 승패의 결전장이다.

실력의 우열에 기능 발휘에도 경쟁
치열한 득점에 혈전하듯 사투(死鬪)뿐
함께 더불어 연결하는 팀 협력에
종국에는 승자(勝者)와 패자(敗者)로 결판난다
이겨야 승산의 진로에 희망이다
온 지구인이 지켜보는 운동장의 둘레에
달라지는 형광판의 광고 시장도 분전한다.

감독들은 교체선수를 뜨겁게 포옹(抱擁)한다
분전, 고투한 수고에 보은(報恩)이다
어차피 경쟁목표의 웃음 뒤에는 아린 아픔의 한(恨)을 삼켜야 한다
이 땅에서 인생 한판 승부, 선한 싸움 후에
잘했다고 칭찬받고 상급 받을 영광
부족하고 힘겨웠으나, 최선의 노력에 감사하자.

앗살라무 알라이쿰[1]

고정관념은 '버려라' '버리라' 의 수식은 다양하다
 '버림' 은 탈출이고 불신 '버렸음' 은 자멸의 시작
 '버리고' 떠난 자의 말로는
이미 '버린 바' 됨은 승패의 갈림길
 '버릴 것' 이면 얻을 것이라
 '버리지' 마소서 간구함은 하늘 뜻 '버리지' 아니 함이다
사사로움은 '버릴지' 라도
 '버리우지' 않아 살 길로
헛됨을 '버리고' 따름
 '버리움' 도 '들리움' 도 있다
 '버리고' 떠나는 어리석음도
두려움이 앞서 '버리고' 가기도
 '버림의 헌신' 생명 부활처럼 영원타.
이 땅에서 온갖 것 '버린 자' 는
큰 복과 영생도 핍박과 함께
벗어 '버리라' 함은 껍데기 헛됨의 가면을 벗어라 함이다
모든 사람이 나를 '버린 이 일' 을 잊혀야 할까
사람에게는 '버린 바' 가 되었으나,
택하심을 입은 산 돌이신 이에게로 나아가자.[2]

*1 : ASSALAMU ALAIKUM는 아랍어 '평화' 의 뜻.
*2 : 신약성경 벧전 2:4.

아이 러브 김치, 코리아

입맛이 즐거운 저녁 만찬.
하루에 한 끼는 한국 밥
온종일 고달픈 일과 후,
한 가족 마주앉은 공동식사.
맵싸하고, 짭짤한 김치맛.
식욕을 돋운다.
푹 띄운 청국장.
김치 넣은 찌개 맛
잡곡밥 한 그릇 뚝딱
피곤한 한나절 일과 끝.
스르르 평안으로 풀어진다
입가심 후식 삼아 백김치는 일품.
밥맛 떨군 노부모님.
텁텁해 개운찮은 속 맛
김치 샐러드에, 밥 한 공기 깍두기,
밥 잘 먹어 병마도 떨쳐 버린다.
끝 소화 인사로는, 귤감에 하니두.
서울 김치 세계화나, 깍두기 너무 맵디 맵다.
'삶의 자리'가 입맛 날렸나. 때론,
생채무침에 열무김치
진수성찬에도 김치 코리아, 넘버원.

조지 워싱톤 다리

'잠깐만'

이 말은, 우리 손자(7세)가 함께 이야기하든가, 놀이하면서, 자기 생각이나 행위를 우선시하고자 할 때, 보통 하는 말 '잠깐만' 이다.

필자는 연작시를 쓰면서, 뉴욕과 뉴저지를 잇는, 거대한 워싱톤 다리를 시제로, 시작(詩作)을 구상하고 있다.

차로 오가는 중에 유유히 흐르는 허드슨 강의 전경(全景)을 주시하곤 한다.

뉴욕 맨하튼 179가 버스 정류장에는, G. 워싱톤 다리를 건설한, 디자이너 오스마 H. 암만(Othmar H. Ammann, 1879~1965)의 흉상이 설치되어 있다.

워싱톤 다리는 6년(1927~1931)에 걸쳐 세운 길이가 1,067m의 현수교이며, 하루에 30여 만대의 차량의 왕래가 있다고 한다.

워싱톤 다리는 허드슨 강 위로, 뉴욕과 포트리(NJ주)를 연결한다.

암만은 트리보로 다리(Triboro Bridge)와 스테이트 섬과도 연결하는 베라자노 다리(Verrazano Narrows Bridge)도 건설했다.

특히, 뉴욕 시를 주제로 쓴 시집 《I speak of the City》
(컬럼비아대 출판사, 2007)에 139 시인의 시가 수록되어
있는데, 존 시아디(John Ciardi, 1916~1986)가 쓴 시 〈조지
워싱톤 다리〉 4연 가운데, 앞부분 1,2연만 읽어 보도록 한다.

George Washington Bridge
　　　　　—By John Ciardi

The buttresses of morning lift the sun
Across an arc of steel and flying piers.
The twin cadenzas of the cable run
Like landless gulls across the hemispheres.

Out of a step of mist the caisson root
Spires from the consonant rock to the vowel of the sky,
The highway rings the morning underfoot
Scoring the traffic for a symphony.
　　　　(이하 생략)

아침의 뼈팀벽이 태양을 들어 올린다.
강철과 날으는 교각의 호(弧)[*1]를 건너

굵은 밧줄의 두 개의 카텐차*2는 달린다
둘로 나눈 한 부분(반구)*3을 건너서 육지가 없는 갈매기처럼.

안개를 흐드러지어 케송*4 근저
자음 암석에서, 하늘의 모음까지 뾰족탑(을 세운다)
간선도로는 아침에 가는 길에 방해되어 울린다.
교향곡을 위한 왕래(승객수)를 총 악보에 기입한다.

*1 : 호(弧)―원둘레 또는 기타 곡선상의 두 점에 의하여 한정된 부
　　　분.
*2 : 카텐차(cadenzas)―(악) 마침 꾸밈의 뜻.
*3 : 반구(半球, hemispheres)―구의 절반/ 둘로 나눈 한 부분.
*4 : 케송(caisson)―수중 고사요 잠함(潛函).

*존 시아디(John Ciardi, 1916~1986)는 이태리 이민자의 아들. 그
는,《시는 어떠한 의미가 있는가?》(How does a poem mean?)라는
책을 썼다. 이 책은 시 상급반을 위한 기본 교재가 되었다. 그리고
단테의《신곡》을 번역하기도 하였다.

지구 온난화

태초에, 창조 후 '좋았더라' 하셨다.[*1]
자연 생태가 중병인 것을 알면서 치료법이 없는가.
온실 기체 분출로 온 땅덩이가 열병을 앓아
어쩔 수 없이 막가는 끝장을 걱정만 하나.

오래지 않아 돌연변이(突然變異)가 현재화 되면,
큰 도시가 물속에 잠기고 무너지는 허망이, 허욕으로 채워
묻지 마, 독존적 무모로 일관되면
치솟는 바벨탑은 옛이야기인가
세월의 흥황성쇠(興況盛衰) 잠시인 듯
욕망이 과다하면 자멸의 순리.
우리만 초월한 특구라 할까.

날마다 일기예보, 기후인자(氣候因子)에도 주의함은
피해로 손해보고 살 것까지야
지구 종말의 날, 끝 날이 다가오면
세상 기후 온난화는 해결의 실타래로 풀겠지만
'전쟁과 난리의 소문'[*2] 꼬리에 이어가고
저마다 큰 보화 간직하면, 살 것이라 하니
재난의 시작이나, '끝은 아직 아니다.'[*3]

*1 : 구약성경 창세기 1:4.
*2 : 신약성경 마태복음 24:6.
*3 : 신약성경 누가복음 21:9.

아빠의 고통

떠나 보내는 시간
잠시라도 잊어야 하는 마음
나를 위해 울지 말고
너희며 가족들을 위해 울게 하라
잠시 잊어야 하는 고뇌를 벗 삼아
순간이나 힘 벅찬 산언덕을 넘어서야
고해(苦海)라는 과정도 건너가야 한다.

더불어 함께 못 가는 길
임시 보관소에 맡기는 수밖에
아들의 아빠가 되도
아빠의 아픔, 뉘가 알랴
아들도 아빠의 마음은 먼 산
아들을 키운 것은 8할이 사랑.

잠시의 별리, 앓음도 힘겹다.
다시 만날 약속이 희망이다
버림과 분노의 울부짖음
죽음과 희망이 승산
"피 흘림이 없이는 죄 사함도 없습니다."*
그 읍참(泣斬)의 섧다 한들, 그 속뜻 몰라
그저, 고맙고, 감격뿐,

*신약성경 히브리서 9:22.

내일의 희망, 빛, 줄기

열대 아메리카 산(産), 과일 애보카도
아침 식사로, 반쪽 즐겨 먹는다
이민 초기 누군가는
껍질, 속 모두 벗겨 버리고
돌 같은 씨알 먹고자 끙끙거리던 이도.

지난 정초에
아들 손자와
새해 세배하러 오면서
차돌 같은 씨알에서 피어난
파란 세 잎파랑이 꽃병에 담아 왔다.
속 뚫고 솟아난 푸르름의 두 손을 펴던

영롱한 그 자태, 총천연색 못지않다
분화(噴火)되고 있는 활화산(活火山)처럼
생명의 빛, 줄기, 내일의 희망
솟구치는 정기, 한 줄기 솟아
힘줄로 뻗친 풍광.
온 천하에 외치듯
우뚝 선 마천루(摩天樓)같이,
올곧게, 내일의 희망과 꿈 그리고 축복을 비추어라.

세상 끝날에

명문가의 영결예식 엄숙하고 긴장되나,
울기도, 웃기도 하는 것 보니 낙천적으로 여유롭다.
막차로 떠나는 긴 송별 인사.

가족의 중함을 알리는 상주들
한 번 치르는 예식이라 더욱 애절타.
지난 노고와 업적도 추억하며,
죽었으나, 죽지 않았음을 못 잊어 남기는 그 깊은 속 서러움.
하늘의 큰 뜻 따라 이루고자 함이다.
이 땅에서는 손실이라 넘기지만
잃었으나, 평안의 안식을 얻었음이다.

소란과 분란이 널뛰기를 즐기고
드러나지 않고, 가리워 알 수 없는
독소, 악성 바이러스, 사탄적 흐름
평안과 자유, 평화의 날은 아직 멀었는가.
선한 싸움 다 마치고 가는 길 끝내면
미완으로 완성되나, 이룩한 결과로 말하라
이 땅에서 삶을 마감함이 끝이 아니다.
세상 끝 날에, 다시 사는 새 삶.
기쁨, 희망, 축복, 영광, 영원하여라.

불러도 대답 없는 이름

- Sept. 11. 2001/ 추모식에 붙여

그 날, 그 때 낙엽처럼 떠나간
그 사람, 부부, 그 부모, 형제, 자녀들
그 한 사람씩, 이름 불러본다.
끝내, 목메어 울음이
흐린 날씨에 맞춰 을씨년스럽구나.

차라리, 비명으로 떠난 이는 모르리
쓰리고, 아린 속앓이는 남은 자의 몫.
강물이 말없이 흐르나 한 가지 흠집으로
시간 속, 공간 위 지울 수 없는 흔적.

잠시, 침울한 울분 속에
침묵으로, 묵념, 죽은 넋을 달랜다.
아쉬움과 서러움을 접도록 하나,
숨은 슬픔이 되살아나듯
속 울음이 뛰쳐나와 소리쳐 울부짖는다.
모두 다른 이름이라 부르면 뒤돌아볼 것 같으나
불러봐도 대답이 없다.
죽은 자는, 죽은 역사로 장사 지내고
새날의 선한 역사를 향해 앞으로 나아가자.

*이 시는 뉴욕 참사 현장에서, 추모예식(Remembering the victims)
 을 보면서 씀.

주지적 리리시즘의 미감(美感)의 세계

홍 윤 기

일본센슈대학 대학원 국문과 문학박사(시문학)
국제뇌교육종합대학원대학교 국학과 석좌교수(현)
(사)한국문인협회 고문/ 국제펜 한국본부 고문(현)

황경락 시인에 대해 누가 나에게 그를 한 마디로 평가하라면 주저없이 "황경락은 천품을 타고난 시인이다"고 밝힐 것이다. 그는 개성적으로 부각된 정서적 상념을 시인 스스로 어떻게 서정적으로 빼어나게 이미지화 시키느냐 하는 시작법을 누구보다도 잘 아는 시인이다. 다만 그는 오랜 미국 이민생활이라는 결코 적지 않은 고뇌를 스스로 짊어지고 또한 극복하면서 남달리 성실한 목회 활동으로 미국의 저명한 한국인 목사이기도 하다.

나는 황경락 시인과 대학 동문이라는 때문에서만이 아니고 그와 오랜 문단 교류를 통해 특히 그의 빼어난 시세계를 직접 살필 수 있었고 동시에 지난 날 그 현장(뉴욕)의 시단 활동과 목회도 직접 살필 수도 있었다.

이제 나는 여기서 이 종합시선집을 통해 한국시단의 시인으로서의 그의 시세계를 독자 여러분과 함께 상세하게 살펴보련다.

황경락 시인의 시세계는 시가 전편적으로 순수 서정의 바탕 위에서 로맨틱 리리시즘으로서 조화롭게 다루어지고 있다는 데 주목하여 왔다.

시의 크기를 재거나 분량을 정할 규정 같은 것은 따로 없다. 누구나 읽어서 참다운 공감을 한다면 우선 그 시세계는 성공이다. 그와 같은 견지에서 작품을 대하면서 거듭 느낀 것은 이 시인은 이미지의 새로운 노래로서의 풍성한 서정미가 시 속에 그득 넘치고 있다는 점이다.

나는 오랜 대학 강단의 시문학 강의에서 항상 학생들에게 시의 서정성을 그 생명이라고 강조해 오고 있다. 시는 결코 무슨 삶의 방법론이 아니다.

이른바 철학이 아닌 '언어 예술' 이라고 하는 점을 결코 우리가 잊어서는 안 된다. 오늘의 일부 시인들은 스스로에게 주어진 참다운 자아의 시어와 순수한 한국인의 정서를 망각하고 있는 게 현실인 것 같다. 참다운 시의 주체의식 설정은 상실되어 가고 있는 '내 것의 진실' 을 천착해내는 작업이 되어야 한다고 본다.

한국인의 순수시에는 한국어의 계발(啓發)을 바탕으로 하는 가장 한국적인 민속과 생활양식, 더 나아가 민족적 서정의 정서에 대한 각성과 재발견이 절실하게 요청되는 것이다. 이것은 이른바 '국수적' 인 대외(對外) 갈등과는 전혀 반(反)하는 일이다.

한국 시인으로서 한국인의 언어인 '한글' 을 우리가 지키고 사랑하는 작업은 한국인에게 주어진 참다운 한국적 순수 작업이다.

이를테면 우리가 내 땅 '독도'를 아끼고 사랑하며 지키는 행위를 누가 국수적이라고 할 수 있을 것인가. 내 것에 대한 참다운 사랑의 시작업이 '한국현대시'가 나아가야 할 참다운 과제이다. 나는 그 점을 미국에서 만났던 황경락 시인과 오래도록 대화했던 기억이 이 자리에서 새삼 떠오른다.

그는 30년이란 오랜 미국 생활의 기나긴 시간 속에서도 우리의 순수 서정을 아름다운 한국어로 표현하는 데 최선을 다해 왔다. 그것 하나만으로서도 그의 진지한 문학적 자세는 평가될 만하다. 이제 그 증거로서 우선 한 편 손에 잡히는 대로 〈봄은 오는데〉를 독자들과 함께 읽어보련다.

먼동이 트이기엔
아직
한 뼘의 거리가 있고,

산새가 둥지에서
홰를 풀기엔
아직
한 자의 여명(黎明)이 있다.

이제는
아지랑이가 들녘에
살며시 피어 떠오르는 때에

진정
봄은 가까이 오는데…

못내 무엇인가
아쉬운 미련은 밀폐된 채
봄은
그냥
오고 있는가.

-〈봄은 오는데〉 전문

'주지적 리리시즘의 미감(美感)의 세계'라는 제목을 나는 이 시를 읽으며 졸문의 표제로 달기로 했다. 어떤가. 지금까지 요즈음의 한국 현대 서정시가 이렇듯 이미지의 강력한 설득력을 가진 작품들이 얼마나 있는지 함께 따져보기로 하자.

"먼동이 트이기엔/ 아직/ 한 뼘의 거리가 있고// 산새가 둥지에서/ 홰를 풀기엔/ 아직/ 한 자의 여명(黎明)이 있다"(제1~2연)고 하는 이런 신선하고 새로운 이미지 전개는 마땅히 상찬되고 논의될 만하다고 보련다. 시가 새롭다는 것이 무엇인지를 표본으로 보여주는 가편(佳篇)이다.

시인은 뒤이어 "이제는/ 아지랑이가 들녘에/ 살며시 피어 떠오르는 때에/ 진정/ 봄은 가까이 오는데…// 못내 무엇인가/ 아쉬운 미련은 밀폐된 채/ 봄은/ 그냥/ 오고 있는가"(3~5연)고 설의법을 동원하여 우리에게 묻고 있다. 우리가 지금 잃어버리고 있는 진정 한국인의 '고향'을 지키기는 고사하

고 고향을 스스로 등진 것은 누구인가. 아니 망각(忘却)한 것
은 우리의 시인들 자신이 아닌가.
　황경락은 그것을 미국땅에서도 예리하게 우리에게 고발
하고 있다.
　거기 〈외갓집으로 가던 개울〉이 지금도 흐르고 있는가.

　　왠지 어릴 적 생각은 자주 멀어만 가,
　　어슴푸레 잊혀간 저녁굴뚝 불빛.
　　희미하게 되살아나는 군불 연기처럼,
　　하나, 아롱아롱 다시 사는 모닥불 같다.

　　겨울방학이 오면
　　외가로 보내시던 어머니.

　　그 멀리, 계룡산.
　　우리 외가로 가는 길은,
　　실개천도 발 벗고 건너가야 닿는,
　　종가(宗家)의 큰 집안.

　　멋도 모르고
　　재미스러이 사다리 놓고
　　초가집 처마 밑
　　참새 잡던 그 때, 그 일.

　　사랑도 인심도 넉넉하고,

훈훈한 입김이 깃던 곳.
나의 얇디 얇은 추록(追錄)에 남아 있다.

외갓집은 지금 옛고향 땅에 그대로 있는가. 산을 뭉개고 마을을 뒤엎어 댐을 만들고 고속도로를 뚫어버리지는 않았는가. 황경락은 그런 견지에서 내것에 대한 새로운 공감대를 마음 든든하게 형성하고 있는 오늘의 대표적인 한국시인이다.

"겨울방학이 오면/ 외가로 보내시던 어머니// 그 멀리, 계룡산/ 우리 외가로 가는 길은/ 실개천도 발 벗고 건너가야 닿는/ 종가(宗家)의 큰 집안// 멋도 모르고/ 재미스러이 사다리 놓고/ 초가집 처마 밑/ 참새 잡던 그 때, 그 일// 사랑도 인심도 넉넉하고/ 훈훈한 입김이 깃던 곳/ 나의 얇디 얇은 추록(追錄)에 남아 있다"(2~5연)고 노래하듯 시는 만드는 것이 아니라 영감(靈感)이라는 인스피레이션을 현실 세계에서 세련된 시어 구사로써 투명한 에스프리(esprit, F)로 처리를 하는 메타포의 빛나는 작업이다.

시인은 우선 천품(天稟)을 타고나야 한다면 나는 주저없이 황경락을 꼽는다. 나는 시인을 가리켜 일종의 '영혼의 엔지니어'라고 주장해 오고 있기 때문에서다. 작품들을 총체적으로 개괄하여 고찰할 때 가장 주목하는 두드러진 사실은 시작법에 있어서 환기적 기능이 작용하고 있다는 점이다. 그와 같은 것은 시인들이 흔히 쓰는 언어에는 지시적 기능과 환기적 기능이 작용하고 있는데, 황경락 시인의 경우는

서정 이미지가 잘 다듬어진 역동적 시어와 함께 능수능란한
메타포(metaphor, 은유)의 솜씨로써 뛰어난 테크닉을 발휘하고
있다는 점이다. 그것은 곧 유능한 시인의 환기적 창작 역량
의 발로이다. 또한 우리는 시인의 〈황경락종합시선집〉을 통
해서 황경락의 문학적 판타지(fantasy, 환상)의 미학과 접목되
는 현실적 리얼리티(reality, 진실성)의 조화로운 시적 구상화도
아울러 높게 평가하지 않을 수 없다.
　이제 다음 〈잔치, 잔치국수 맛 떴다〉에서 우리는 마침내
잃어버린 우리의 참다운 고향맛을 다시 찾는다.

　　　시원한 멸치 국물,
　　　깔끔한 맛,
　　　부드러우며, 쫄깃한 면발. 예전에
　　　우리 어머니의 손국수 맛.
　　　멸치 푹 끓인 국물 그 맛 나,
　　　잔치, 잔치국수 나누어 먹으며,
　　　인심도 넉넉히 후하던
　　　그 따뜻한 속심도 보고 싶구나.

　　　넓은 대청마루
　　　앞마당에 펼친 멍석 카펫
　　　차려놓은, '거룩한 만찬'
　　　총천연색 전시장.
　　　풍성한 식사와 사랑 노래.
　　　'국수 먹다' 는 곧

‘결혼식을 올리다’ 라
국수는 명줄도 맡는다.
한민족 줄기 센 이음이다.

여기 〈잔치, 잔치국수 맛 떴다〉와 같은 뛰어난 황경락 시인의 한국인만의 아름다운 서정시편들을 대하면서 한국 서정시의 오랜 발자취도 새삼 떠오른다.

“시원한 멸치 국물/ 깔끔한 맛/ 부드러우며, 쫄깃한 면발 예전에/ 우리 어머니의 손국수 맛/ 멸치 푹 끓인 국물 그 맛나/ 잔치, 잔치국수 나누어 먹으며/ 인심도 넉넉히 후하던/ 그 따뜻한 속심도 보고 싶구나”(첫 연)는 역시 새로운 오늘의 현대 한국인의 눈부신 서정시다. 벌써 104년 전인 1908년부터 시인 최남선(崔南善, 1890~1957)에 의해서 서양의 자유 서정시가 등장하기 시작하였으며, 잇따라 〈진달래꽃〉의 김소월(金素月, 1903~1935) 시인, 〈빼앗긴 들에도 봄은 오는가〉의 이상화(李相和, 1900~1943) 시인, 〈봄은 고양이로다〉의 이장희(李章熙, 1902~1928) 시인과 같은 뛰어난 서정 시인들이 이 땅에 속속 등장하여 한국시단을 눈부시게 꽃피우게 된 것을 우리는 꼭 기억해 두어야 한다.

그러므로 오늘 우리는 그와 같은 한국 서정시의 맥락에서 일찍이 1960년대부터 시작업을 전개했던 황경락 시인의 새롭고도 아름다운 서정의 시세계로 접어드는 기쁨을 누린다. 황경락 시인은 전편적으로 그의 시적 재능인 ‘리리시즘’을 민족 서정으로서 신선하게 꽃피우고 있다. 그러기에 누구이

거나 시를 쓴다고 하면 모름지기 '리리시즘'을 올바로 터득
할 일이다.

　나는 서정시인으로서 역사적으로 높이 평가하는 시인이
둘 있다. 한 분은 우리나라의 황진이(黃眞伊, 16C)이며, 서양에
서는 영국의 대표적 여류 시인 크리스티나 로젯티(Rossetti,
Christina Georgina, 1830~1894)이다. 특히 크리스티나 로젯티와
같은 순수하고 해맑은 서정미를 황경락 시인은 한민족 서정
으로서 공명공감(共鳴共感)하게 된 것을 거듭 이 땅의 시문학
사에 길이 엮어 전하고자 한다. 고전적 해석이 시의 인스피
레이션(靈感)으로써 작용하고 있다는 것을 파악하게 되면서
오늘의 8순의 훌륭한 시인이 있기까지 그 앞뒤에서 내조의
공을 쌓으신 분에게 시인은 붓을 들어 〈아내에게 드리는 편
지〉를 띄운다.

　　　헤어질 때 아쉬움을 남기며
　　　뒤돌아보며, 몇 번이고 망설이는데
　　　떠나야 할 시간에 발걸음을 재촉한다.

　　　떠나갈 때 만날 일은 약속된 언어
　　　믿음의 신의가 희미한 탓이려니,
　　　그냥 굳게 다지는 신뢰의 눈빛만이
　　　저 멀리 자동차 소음과 함께 사라져 간다.

　　　날마다 가고 오고 만나고 떨어져 사는
　　　순례자의 항로에는 기착지뿐이다.

고동소리 끊일 때 두고 가는 정이랑
다시 만날 언약도 불확실한 향수,
서운한 한마음에
환희의 젖은 손수건만 남는다.

약할 때 사랑이 더한 도움의 힘이 되고
아플 때 위로가 믿음에 덤으로 큰 힘이 되네.

어려울 때 삶의 가치에 새 뜻을 새겨 두며
끝없는 여행길에 생기(生氣) 남는 노인장(老人丈)
오늘도 감사에 또 한시름 잊고 산다.

아들의 손을 잡고, 비비면서 건강을 기도하는
그 사랑의 따스함의 느낌이 혈육의 소이 아닌가,
우리 잠시 잠깐 헤어져 살아도
결코 절망이나 실의는 잊고 살아야지.

오늘도 큰소리로 외치며 불러 본다.
돌비에 새겨 놓은 그 큰 사랑
그저 고맙고 좋아서 새 힘이 솟는다.

내일은 무언인가 좋은 날
오늘은 새롭게 달라지는 기쁜 날.

-〈아내에게 드리는 편지〉 전문

우리에게도 '온고지신'(溫故知新)이라는 훌륭한 가르침이 있다. 그와 마찬가지 견지에서 이 작품을 대하며 시인이 다루는 소재는 옛날 것이로되 새로운 이미지(image)의 시창작적 전개를 하고 있음을 우선 새롭게 인식할 수 있었다.

"약할 때 사랑이 더한 도움의 힘이 되고/ 아플 때 위로가 믿음에 덤으로 큰 힘이 되네// 어려울 때 삶의 가치에 새 뜻을 새겨 두며/ 끝없는 여행길에 생기(生氣) 남는 노인장(老人丈)/ 오늘도 감사에 또 한시름 잊고 산다"(4~5연)에서처럼 옛 제재(題材)를 가지고 얼마나 참신한 콘텐츠(contents)를 엮어내느냐에 따라서 그 시인의 역량이며 뛰어난 이미지화의 표현력이 나타나기 마련이다.

더구나 이 시 〈아내에게 드리는 편지〉 전체로서도 다양하고도 다채로운 상징적 메타포(metaphor, 隱喩)는 수사(修辭)의 하이퍼볼(hyperbole, 誇張法)을 도입하면서도 자연스러운 신선한 이미지 창출 성과를 이루고 있어 황경락 시인의 빼어난 시재(詩才)를 평가하지 않을 수 없었다. 유능한 시인은 세련된 은유의 기법을 통하여 기성적(旣成的)인 관념을 불식하면서, 새로운 가치관의 미학적 이미지를 엮어낸다. 황경락 시인은 오늘의 시대가 새롭게 요구하는 시창작의 새로운 형상화(形象化) 작업을 이루어내고 있다는 것을 깨닫게 하고 있다.

필자는 "현대시는 메타포에 의해서 그 생명력을 발휘한다"(홍윤기 《詩창작법》 한림출판사, 1991)라고 주장했거니와 황경락 시인의 참신한 메타포 수법은 독자들로 하여금 자못 감동적일 따름이다. 이제 황경락 시인 아니 황경락 목사는 ─세례 요한 시인을 위해 〈시(詩)가 밥이다〉를 독자에게 뚜렷이 제

시한다.

누가 이 빈곤의 시대에 시인인가.
그리고
고난의 시대에는 시인은 무엇을 하나,
이 시대에 문학의 사명은 무엇인가? (A. 까뮈)

한 편의 시를 쓰자면
머리를 짜내 지면에 발표를 하나,
돈도, 명예도, 비평도, 논쟁도 아직은 없다.

한 계집의 춤값으로
모가지를 내놓은 시인은 예언자.

예전에 쓰레기 치던 청소부가
'먼지가 내 밥이요' 하던 말,

실로 '시 한 편이 밥' 이어야 한다.
우리네 밥상 공동체에서도
'생명의 시' 도 먹는다.

세례 요한 시인에게는
피와 생동력이 춤춘다.

―〈시(詩)가 밥이다〉 전문

유능한 시인의 기준은 무엇인가. 그것은 '남들이 보지 못하는 사물을 투시(透視)하는 능력을 가진 시인'을 가리킨다. 남이 모두 함께 바라보고 있는 콘텐츠(내용)를 시라고 써놓아 본들 과연 무슨 가치가 있을 것인가.

"한 계집의 춤값으로/ 모가지를 내놓은 시인은 예언자// 예전에 쓰레기 치던 청소부가/ '먼지가 내 밥이요' 하던 말// 실로/ '시 한 편이 밥'이어야 한다/ 우리네 밥상 공동체에서도/ '생명의 시'도 먹는다// 세례 요한 시인에게는/ 피와 생동력이 춤춘다"(후반부)고 하는 시인이자 목사의 주지적 서정 이미지는 놀랍다. 아니 경탄을 자아내게 한다. 남이 지금까지 찾아내지 못한 '이미지의 세계'를 꿰뚫어내어 새롭게 써낼 때, 그 시의 참신한 새로운 창작성과 존재 가치가 성립되기 마련이다. 남들이 눈으로 보지 못하는 것을 끄집어내서 환기적 시작법으로써 아름답고 세련된 시세계를 보여준 황경락 시인을 두고 우리는 유능하다고 평가하게 된다.

시인이 시적(詩的) 자아를 올바로 파악하기 위해서는 인간 일반으로서의 '나'가 아닌, 공인으로서의 삶의 진실을 추구하는 대사회적(對社會的)인 '나'의 존재를 인식하는 일이다. 그와 같은 인간 개인으로서가 아닌 공인(목사)으로서 동시에 시인으로서의 대사회적 '자아 인식'이야말로 〈시(詩)가 밥이다〉는 역편을 창작했다.

다음의 시 〈참나무 숯굴에서〉에서처럼 시적인 독창성 형성 과정에서의 '개성'(personality)의 참다운 파악이다. 이제 끝으로 〈강물 위에 달빛이 헤엄쳐〉를 깊이 음미해 보자.

강물 위에 달빛이 헤엄쳐
물길 밟고 동양에서 서양으로
앞세운 야포로 장물아비
문화로 포장한 수치로운 국보급 분실물
힘없는 약소국이라서 할 말도 못함인가.

흐르는 강물에 물어봐도 헛수고이나
순리가 수리(水利)의 법칙이라면
일찍 물줄기 따라와 강탈(强奪)한 국보(國寶)
되찾을 승산은 얄궂은 미로(迷路)인가
바깥세상이 모조리 곱고 사근사근치도 않으니
국력 위에 부강함도 뒤처지지도 말아야
쇠약했던 조상들의 원한(怨恨)도 풀어내고
잘잘못의 쇄국정책도 반성도
무지의 소치인 양, 선교사 처형에 사죄(謝罪)는 했던가
병인박해(丙寅迫害)며, 병인양요(丙寅洋擾)

뉴욕과 뉴저지 사이 흐르는 강 허드슨
얽힌 역사, 숨겨진 이야기
알아 살펴 교훈이 되고 사료(史料)이면 한다
뉴욕 리버사이드 교회 옆 언덕 위에
미국 대통령이던 그랜트 장군 묘가 있다.
신미양요(辛未洋擾)로 조선과의 통상무역 위해
군함과 군사, 두 차례나 침략하다 물러간 일
그 때 미 대통령이 그랜트다

허드슨 강물을 바라보고 말없이 누워 있는가.

–〈강물 위에 달빛이 헤엄쳐〉 전문

　일상 속에서 정신세계의 진수를 눈부시게 이미지화 시킬 때, 그를 가리켜 우리는 최고의 시인으로 평가하게 된다. 일찍이 영국 시인 T.S 엘리엇(T.S Eliot, 1888~1965)은 "시인의 참다운 역사 인식은 영원선상에서 시문학을 빛낸다"고 했거니와 시창작(詩創作)의 현장을 역사 인식 속에서의 '작업장'(作業場)으로 비유하면서, 동시에 시비평(詩批評) 방법으로서의, '워크샵 크리티시즘'(workshop criticism, 작업장 비평)을 주창(主唱)했다. 그것은 타성적이며 진부하고 고루한 종래의 낡은 시작(詩作) 행위를 탈피하여 참신한 새로운 시의 경지(境地)를 구축하자는 것이었다. 이는 엘리엇의 신고전주의(新古典主義) 문학론의 전개 과정에서 등장한 방법론이기도 했다.

　"흐르는 강물에 물어봐도 헛수고이나/ 순리가 수리(水利)의 법칙이라면/ 일찍 물줄기 따라와 강탈(强奪)한 국보(國寶)/ 되찾을 승산은 얄궂은 미로(迷路)인가/ 바깥세상이 모조리 곱고 사근사근치도 않으니/ 국력 위에 부강함도 뒤처지지도 말아야/ 쇠약했던 조상들의 원한(怨恨)도 풀어내고/ 잘잘못의 쇄국정책도 반성도/ 무지의 소치인 양, 선교사 처형에 사죄(謝罪)는 했던가/ 병인박해(丙寅迫害)며, 병인양요(丙寅洋擾)"(제2연)라는 즉 이러한 역사 인식의 이미지 창출은 소재(素材)가 낡았다 하여 작품 내용이 낡은 것은 아니다. 기존의 제재(題材)를 가지고 얼마나 새롭게 쓰느냐 하는 것에 시인의 능력을 평가할 수 있다는 것에 새로운 포인트를 맞추고 있다.

나는 황경락 시인의 〈강물 위에 달빛이 헤엄쳐〉를 재음미 하면서 엘리엇의 시작(詩作) 방법론을 연상하지 않을 수 없었다. 그러기에 전체적으로는 이 시선집의 엘리엇적인 로맨티시즘의 신고전적 해석이 시의 인스피레이션(靈感)으로써 작용하고 있다는 것을 파악하게 되었다. 더구나 이 시선집에 담긴 작품들은 이미 지금부터 4,50년 전, 시인의 젊은 날 창작된 연륜 쌓인 시편들이 함께 담겼다.

시인이란 새로운 노래(서정시)를 창작하는 자랑스러운 작업인이다. 오늘의 한국 시단의 시편(詩篇)들을 대하자면 황경락 시인의 '리리시즘' 의 서정미 넘치는 시편들을 대하는 것이 크게 반가웠다. 시인의 타고난 천부의 재질 또한 여기에 포함된다. 왜냐하면 시는 '발상' (發想)의 언어적 미학의 소산이 아닐 수 없기 때문이다. 앞으로 황경락 시인의 더욱 정력적이면서도 예지에 빛나는 주지적 리리시즘의 미감(美感)의 세계를 독자 여러분과 함께 계속 기대하련다.

황경락 종합시선집

아직도 아니다

•

지은이 / 황경락
펴낸이 / 김재엽
펴낸곳 / 한누리미디어
디자인 / 지선숙

•

121-840, 서울시 마포구 잔다리로 35 서원빌딩 2층
전화 / (02)379-4514, 379-4519
Fax / (02)379-4516
E-mail/hannury2003@hanmail.net

•

신고번호 / 제300-2006-61호
등록일 / 1993. 11. 4

•

초판발행일 / 2013년 4월 5일

•

저자연락처 / P.O.BOX 36-21011(P.A.B.T.C.C.)
New York, NY, 10129 U.S.A.
Attn : The Rev. Dr. PETER WHANG
E-mail : pk.whang@gmail.com
pwhang34@hanmail.net
http://cafe.daum.net/b36-21011nyny10129

•

ⓒ 2013 황경락 Printed in KOREA

•

값 12,000원

•

※잘못된 책은 바꿔드립니다.

•

ISBN 978-89-7969-446-8   03810